Siegburger Unterwelt

AF285672

Rhein-Sieg-Kreis Krimi

Siegburger Unterwelt

Der 18. Fall der Kommissarin Thekla Sommer

www.rsk-krimi.de

Bibliografische Information der Deutschen Nationalbibliothek:

Die Deutsche Nationalbibliothek verzeichnet diese Publikation in der
Deutschen Nationalbibliografie; detaillierte Daten sind im Internet über
http://dnb.dnb.de
abrufbar

1.Auflage
Erschienen 02/2025
Copyright © 2025 Kersten Wächtler
Coverbild: © Kersten Wächtler
Verlag: BoD · Books on Demand GmbH, In de Tarpen 42,
22848 Norderstedt, bod@bod.de
Druck: Libri Plureos GmbH, Friedensallee 273, 22763 Hamburg
ISBN: 978-3-7693-1427-4

Alle Personen und Tathergänge sind frei erfunden.

Ähnlichkeiten mit lebenden oder toten Personen sind rein zufällig

Schweißgebadet und mit heftig pochendem Herzen schreckte ich aus dem Schlaf hoch. Wieso hatte ich mich zu all dem hinreißen lassen? Wieso hatte ich das gemacht? Warum nur hatte ich vor etwa sieben Monaten begonnen in Recherchen einzutreten, die mich immer weiter in den Zustand trieben, in dem ich heute bin? War es mein Wissen darüber, dass dieser Mann ein Geheimnis mit sich trug, von dem er selbst keine Ahnung hatte, welches aber einen enormen finanziellen Wert darstellte? War es die Gier nach möglicherweise großem Reichtum? War es die Rache an dem Menschen, der die Verletzlichkeit meiner Frau schamlos ausgenutzt hatte? Oder war es die Angst vor den Mitwissern, die ich in meine Recherchen einbezogen hatte und dem Wissen, dass diese vor nichts zurückschrecken würden? Auch nicht vor einem Mord?

*

Sein großer Fehler war, dass er sich an der Auslage vor dem kleinen Lebensmittelgeschäft meiner Frau im Ortskern von Kaldauen aufhielt und sich ihr mit offener Hose und blankem Geschlechtsteil zeigte. Sie trug eine Kiste mit frischen roten Paprikaschoten aus dem inneren des Geschäftes, um diese vor dem großen Schaufenster neben dem, in Holzkisten präsentiertem Gemüse zu platzieren. Als sie den Mann dort stehen sah, der meiner Frau lächelnd ins Gesicht schaute und dabei an sich Hand anlegte, ließ diese schreiend die Paprikakiste fallen und lief zurück ins Geschäft. Als ich ihr Schreien hörte, stürzte ich aus dem hinteren Teil des angrenzenden Lagerbereiches. Dort standen die bevorrateten Konserven und haltbar verpackten Lebensmittel, wo meine Frau, immer noch schreiend, mit weit aufgerissenen Augen stand und mit ausgestrecktem Arm in Richtung des Ladenfensters zeigte. Ich stürmte an den beiden, im Laden stehenden Kundinnen vorbei bis vor die Tür, um zu sehen, was meine Frau so in Panik versetzt hatte. Ich hatte keine Ahnung, dass sich dort ein Exhibitionist meiner Frau gezeigt hatte. Vor der Türe sah ich nichts Verdächtiges. Der morgendliche Berufsverkehr hatte sich aufgelöst und außer einigen Passanten sah ich nichts vor der Türe, was meine Frau dermaßen aus der Fassung brachte. Erst als ich wieder in den Laden zurückging, erfuhr ich was sich zugetragen hatte. Wir eilten wieder nach draußen, sahen diesen Mann aber nicht. Dass ich vor kurzem eine Überwachungskamera an der Hausfront angebracht hatte, um die dort präsentierte Ware auch vom Ladeninneren zu sehen und den Diebstahl der frischen Lebensmittel zu unterbinden, kam uns nun zugute. Auf den Bildern der gespeicherten Aufnahme sahen wir ganz deutlich das Gesicht des Mannes, der lächelnd und mit gierigem Blick in Richtung meiner Frau schaute.

Die herbeigerufenen Polizisten sahen sich das Filmmaterial der Kamera an und ich hörte, wie einer dem anderen zuflüsterte: »Das ist doch der Soltau«.

»Wer«? fragte der andere Polizist zurück.

»Na, - der Max Soltau, von dem bereits verschiedene Anzeigen wegen „Erregung öffentlichen Ärgernisses vorliegen« flüsterte der Beamte zurück. Allerdings in einer Lautstärke, dass ich es mitbekam, da ich in der unmittelbaren Nähe stand, um das Aufnahmegerät der Außenkamera zu bedienen.

*

Die Sommerferien waren vorbei und auch im Siegburger „Gymnasium Alleestraße" hatten sich bereits in der ersten Schulwoche Freundschaften unter den Schülern ergeben. Unter den etwa einhundertzehn „Neuen" die jährlich in diesem Gymnasium in die Sexta gehen, waren auch Nele Biber und die Zwillinge Svenja und Vivian Bauerfeind. Die Mädchen wollten den Nachmittag gemeinsam nutzen, um über die neuen Eindrücke zu plaudern. Sie hatten nicht wie sonst üblich bis Fünfzehnuhrfünfzig Unterricht. Bereits um zwölf Uhr wurde wegen einer Lehrerkonferenz der

Unterrichtsschluss eingeläutet. Gemeinsam hatten die drei dann beschlossen, die hohen Temperaturen des letzten Augusttages zu nutzen, um die Eisdiele am Siegburger Marktplatz neben der Siegessäule, aufzusuchen. Sie wählten den Weg über die Ringstraße, vorbei am Helios Klinikum. Als sie kurz vor der belebten Kaiserstraße waren, kam den drei kichernden Mädchen, in dem etwas dunkel wirkenden Abschnitt der Straße, etwa in Höhe der Hausnummern sechsundfünfzig bis sechzig, ein hochgewachsener Mann entgegen. Nele Biber bemerkte als erste, dass der noch etwa zehn Meter weit entfernte Mann, einen beigefarbenen Trenchcoat trug.

»Schaut mal, der Typ da«, meinte sie lachend, wobei sie ihre linke Hand etwa fünf Zentimeter vor den Mund hielt, »bei der Hitze trägt der einen Mantel«.

Nun schauten auch Svenja und Vivian Bauerfeind in die Richtung des Mannes. Sie sahen in das grimassenhafte und angespannte Gesicht eines etwa fünfundvierzig jährigen Mannes mit sehr ungepflegtem Fünftagebart. Der Mann hatte seine Augen weit geöffnet, wobei seine Augäpfel fast herauszufallen drohten. Als er etwa vier Meter von den Mädchen entfernt stand, öffnete er mit beiden Armen, seinen vor sich zusammengehaltenen Mantel, wobei er seine Hände, die die Knopfleiste des Mantels hielten, weit nach links und rechts schlug. Die Mädchen sahen einen sehr hageren Mann, der außer

10

Turnschuhen und Socken nichts anhatte. Sein erigiertes Glied bot einen ekelhaften Anblick. Als der Mann, die vor Schreck weit aufgerissenen Augen der Mädchen sah, ergötzte er sich daran und lachte mit weit geöffnetem Mund. Die Mädchen allerdings zuckten vor Angst zusammen und rannten laut schreiend zurück in die Richtung des nahen Gymnasiums. Nur Svenja Bauerfeind schien in eine Schockstarre verfallen zu sein. Sie konnte sich nicht bewegen und es schien, als müsse sie zwanghaft auf das Glied des Mannes starren. Sie brachte keinen Ton hervor, obwohl in ihr ein furchtbarer Schrei seinen Weg suchte, ihn jedoch nicht nach außen fand. Als Vivian bemerkte, dass ihre Zwillingsschwester nicht auch davongelaufen war, fasste sie den mutigen Entschluss, zu Svenja zu laufen, sie an der rechten Hand zu packen und blitzartig herumzureißen. Aus der Schockstarre befreit, kam sie wieder in die Realität zurück und lief mit den anderen, nun ebenfalls schreiend, davon. Da dieses für den Verkehr nicht freigegebene kleine Stück der Ringstraße von äußerst wenigen Menschen benutzt wird, hatte keiner den Vorfall bemerkt. Als die Mädchen etwa fünfzig Meter gelaufen waren und sich umdrehten, um zu sehen, ob der Mann ihnen folgte, war dieser verschwunden. Wie in „nichts" aufgelöst. Hatte er sich unter die Passanten der Kaiserstraße gemischt? oder war er in eines der wenigen Häuser dieses Straßenabschnitts geflüchtet?

*

Thekla Sommer, Kriminalkommissarin der
Mordkommission Siegburg, und ihr Kollege sowie
Lebensgefährte Robert Hanf, saßen beim Abendessen in
der Pizzeria „Tuscolo", in der Siegburger Holzgasse.
Robert hatte seine Liebste heute dorthin eingeladen, da sie
heute ihr dreijähriges Zusammensein feiern wollten. Es
war genau drei Jahre her, als Thekla hier an diesem Ort,
allerdings war in den Räumlichkeiten damals noch das
„Siegburger Kaffeehaus" untergebracht, ihre Liebe zu
Robert gestand. Einige Wochen später zog Robert in ihr
gemietetes Haus in Siegburg Stallberg ein. Seitdem blüht
ihre Liebe jeden Tag aufs Neue, - na ja, - fast jeden Tag.
Heute jedoch wollten sie den Jahrestag feiern und richtig
gut essen. Robert hatte sich die hausgemachten Tortelloni
mit Pfifferlingfüllung und
„Petersiliensahnesauce" bestellt. Er liebte die großen
Tortelloni wegen der größeren Füllmenge. Thekla
hingegen wählte „Pizza Tartufo" mit Rinderfiletstreifen,
Steinpilzen, Trüffelöl und Rucola. Als sie nach dem Essen
jeweils einen Espresso genossen, zog Robert ein kleines
Briefcouvert aus seiner Jackeninnentasche und
überreichte es Thekla. Verblüfft nahm Thekla das Kuvert
entgegen und entnahm ihm eine hellbeigefarbene Karte,
auf der handgeschrieben stand:

Hallo mein Engel.
Ich liebe Dich vom ersten Moment an.
Ich liebe Dich bei Tag und bei Nacht.
Ich liebe Dich heute viel mehr als gestern
und morgen viel mehr als heute.
Wir sind wie zwei Apfelhälften, die zusammengefügt,
passgenau eine Einheit bilden.

Theklas Augen füllten sich mit Tränen. So etwas Schönes hatte Robert sich noch nie einfallen lassen. Seine sonst eher ruppige Art sich mitzuteilen, stand den Zeilen sehr konträr entgegen. Liebevoll beugte sie sich zu Robert und gab ihm einen zärtlichen Kuss, wobei ihr die Tränen über ihre Wangen liefen und in die Trüffelsoße tropften. Inmitten dieser wundervollen Stimmung klingelte Theklas Handy. Als sie sah, dass es Alfred Bollenkamp, ihr Vorgesetzter im Polizeipräsidium war, verdrehte sie die Augen und meinte lächelnd zu Robert: »Der hat ein Händchen dafür stets im falschen Augenblick anzurufen«. Sie nahm das Gespräch an mit den Worten: »Hallo Fred, - was gibt es«? Einige Zeit später legte sie, die auf ihrem Schoß befindliche Stoffserviette zusammen und meinte zu Robert: »Wie gut, dass wir schon mit dem Essen fertig sind. Es gibt einen neuen Fall. Unter der Siegbrücke an der Bonner Straße haben Spaziergänger eine männliche Leiche gefunden. Das wundersame daran ist, dass der Mann lediglich mit Socken, Turnschuhen und einem Trenchcoat bekleidet ist«.

Nachdem Robert die Rechnung schnell beglichen hatte, standen beide vom Tisch auf und gingen in die nahegelegene Tiefgarage „Am Herrengarten". Sie stiegen in den weißen Twingo „Night & Day", den sich Thekla als Gebrauchtwagen gekauft hatte, nachdem ihr hellgrüner Twingo nach einer Vielzahl von Jahren ausgetauscht werden musste. Etwas anderes als Twingo, wollte Thekla nicht fahren, - deshalb der Zugriff auf den „Gebrauchten" mit einer geringen Kilometerleistung.

*

Sie zog sich mit ihrem korallefarbenen Lippenstift, von Chanel, die Lippen ihres grazilen Gesichtes nach. Zwar spendete die kleine LED-Lampe, die sich im Fond des Limousinen Services befand, nicht die Helligkeit, wie die Strahler ihres zu Hause befindlichen Schminktisches, aber zum „Auffrischen" nach getaner Arbeit war sie mit dem Antlitz, welches ihr der kleine Handspiegel aus ihrer Pochette von Louis Vuitton zeigte, recht zufrieden. Sie war stolz darauf, die Hauptattraktion eines Sugar Daddys zu sein. Sie war hingegen nicht stolz darauf, hin und wieder dickbäuchigen und schmierigen Geschäftspartnern aus der angeblich „höheren Gesellschaft" dienlich zu sein. Von diesen erhoffte sich ihr neuer Freund, ein ansehnlicher siebenundvierzigjähriger Multimillionär, neue gute Geschäfte. Nein, - sie war stolz darauf, sich mit zweiundzwanzig Jahren Sachen leisten zu können, von denen ihre ehemaligen Freundinnen nur träumen konnten. Was sie allerdings auch stolz machte, war die Tatsache, dass sie seit einigen Monaten ihre Mutter finanziell unterstützen konnte. Ihr Vater wurde, bedingt durch einen gesundheitlichen Verfall mit einhergehender Demenz und geistigem Zusammenbruch in eine psychiatrische Klinik eingeliefert. Somit konnte er von seiner Seite kein Geld mehr zum Lebensunterhalt der Familie beisteuern. Sie klappte den Schminkspiegel zusammen und verstaute ihn in ihre, neben ihr auf dem Sitz stehende kleine Handtasche. Dann schaute sie aus dem rechten Seitenfenster des luxuriösen Autos raus und sah die vorbeihuschenden Lichter der Troisdorfer Innenstadt. Sie war auf dem Weg in ihr, von ihrem verheirateten Freund für sie angemieteten, Appartement im Siegburger Stadtteil „Zange". Ein freudiges aber gleichzeitig schmerzliches Lächeln umspielte die frisch nachgezogenen Lippen, als sie an die vergangenen Stunden dachte, in denen sie einem hochrangigen städtischen Beamten in einem Hotelzimmer, dessen perverse Wünsche erfüllte. Wünsche, die er sich seiner Frau gegenüber nie trauen würde, auszusprechen. Für ihren „Freund" und Mäzen würden ihre Dienste, die sie an diesem Abend erbracht hatte, sicherlich sehr zum Vorteil gewesen sein. Sein Plan, sich dadurch finanziell bereichern zu können, würde sicherlich aufgehen. Dies allein zählte für sie, denn auch sie würde weiterhin wirtschaftlich gut gesichert sein. Fabienne Soltau liebte den Multimillionär und erhoffte sich, in ihrer Naivität, den Einstieg in die High Society und ein gemeinsames Leben mit dem fünfundzwanzig Jahre älteren Mann. Als die Limousine mit den von außen verspiegelten Scheiben, vor dem Appartementhaus in Siegburg anhielt, sah Fabienne im Licht der nahen Straßenlaterne, einen Mann in die Richtung der hinteren Wagentüre, wo sie saß kommen und nach dem Türgriff greifen. Fabienne zeigte ihr schönstes Lächeln, als sie sich vom Rücksitz aus dem Wagen zwängte, bedacht darauf, dass ihr Minikleid, das nur bis zur Hälfte der Oberschenkel reichte, nicht hochrutschte und ihren knappen String Tanga freilegte. Sie zog den linken Fuß aus dem Fond des Wagens und stellte ihn neben den rechten Fuß, der den Asphalt neben dem Wagen bereits berührt hatte. Gerade als sich die junge Frau von der ledernen Rückbank des Wagens erhob und sich aufrecht vor dem Mann aufstellte, der ihr so hilfreich die Türe geöffnet hatte, traf sie die rechte Faust des brutalen Schlägers im eleganten Anzug, frontal ins Gesicht. Aus der sofort gebrochenen Nase quoll sofort ein dicker Blutstrahl und lief über Fabiennes Kinn auf das teure, knappsitzende Designerkleid.

Der Fahrer der Limousine sprang sofort aus dem Wagen raus und kümmerte sich um die blutende junge Frau, die mit schmerzverzerrtem Gesicht zu Boden gesunken, neben dem Wagen lag. Den Mann, der diese brutale Tat begangen hatte, konnte er nur noch wegrennen

16

sehen. Das Einzige was ihm auffiel, waren eine schwarze Fliegerjacke, ähnlich einer Bomberjacke und weiße Sneakers mit seitlichen blauen Streifen. Dies gab er auch den herbeigerufenen Polizeibeamten zu Protokoll. Als ein angeforderter Krankenwagen die verletze Fabienne Soltau ins Krankenhaus brachte und sich die Beamten nun dem Tatort des Überfalls genauer ansahen, fiel einem der Beamten ein blutverschmiertes Schriftstück auf, das neben dem Bordstein, halb auf der Straße unter die Limousine geflattert war. Die Beamten hoben es auf und lasen:

»Letzte Warnung an Deinen Alten. Er soll uns endlich verraten, wo sich der Schatz befindet. Andernfalls wird es als nächstes, weitere Tote geben«

Die Streifenpolizisten merkten sofort, dass es sich hier nicht nur um Körperverletzung handelte, sondern dass wegen des blutverschmierten Schreibens, ein möglicher Mordanschlag angekündigt war. Aufgrund dienstlicher Anweisungen musste dieser Vorgang nun an die Kriminalpolizei abgegeben werden. Der Leiter der Dienstgruppe **I,** der im Siegburger Polizeipräsidium untergebrachten Mordkommission, erschien etwa zwanzig Minuten später mitsamt zweier, seinem Team zugeteilten Kommissare, am Tatort. Die Ermittlungen begannen.

*

»Irgendwelche Erkenntnisse über die Identität des Toten«? Thekla war über die Absperrung des rot-weißen Flatterbandes gestiegen und stand bereits neben den Kollegen der Spurensicherung. Diese waren unter dem Brückenkopf des Teils, der sich auf der Siegburger Seite befand dabei, sich die verschiedenen gefundenen Kleidungsstücke, unterschiedliche leere Bier- und Schnapsflaschen, sowie dutzende von Zigarettenkippen, einzusammeln. Jedes dieser Fundstücke könnte ein DNA-Träger des Täters sein. Die aufgestellten riesigen Lampen der Spurensicherung tauchten den Tatort in ein gespenstiges Licht. Hier, unter der Brücke, schien die angrenzende Wiese und die plätschernde Sieg an diesem lauen Sommerabend, eher einem verliebten Paar ein Stelldichein bieten zu wollen, als einem Tatort.

»Was hat sich ereignet«? fragte Thekla die zum Team der Spusi zugehörende Pathologin. Melita Panic, die seit einigen Monaten als neu hinzugekommene Ärztin der Pathologie der Abteilung der Spurensicherung angehörte, drehte sich von der Leiche weg. Sie hatte sich neben den Kopf des Toten gekniet und diesen hin und her bewegt. Nun schaute sie Thekla an und sagte: »Vermutlich erschlagen mit einem kantigen Gegenstand, etwa acht mal acht Zentimeter im Quadrat. Vielleicht ein Kantholz? Die Kopfwunde zeigt kleinere Holzsplitter auf. Der Körper ist

18

übersät mit Hämatomen, hauptsächlich im Brustbereich und beidseitig an den Rippen. Möglicherweise von Fußtritten«.

»Irgendwelche Gegenstände, die auf die Identität des Toten hinweisen«? fragte Thekla, die sich zum Leiter der Spurensicherung gedreht hatte.

Dieser schüttelte den Kopf und meinte: »Er hat keine Papiere, keine Geldbörse oder etwas anderes persönliches bei sich». «Ob sich hier...», er zeigte mit seinem ausgestreckten rechten Arm auf die im Umkreis von etwa fünfzehn Meter umliegenden Fundstücke aus Kleidung, leeren Flaschen und einer zerfledderten Matratze, »...allerdings etwas finden lässt, halte ich für eher unwahrscheinlich«.

Thekla erhob sich aus der gebückten Haltung und schaute Robert an, der mittlerweile ebenfalls am Tatort angekommen war, nachdem er den Twingo in einer Parklücke an der Siegstraße abgestellt hatte. Er wollte den abendlichen fließenden Verkehr nicht noch mehr behindern, da bereits zwei Streifenwagen und der Mercedesbus der Spurensicherung am Straßenrand standen.

»Haben sich schon irgendwelche Zeugen gemeldet, die etwas gesehen haben? Auffällige Autos oder Personen«?

»Bis jetzt hat mich noch niemand dahingehend angesprochen. Ich habe allerdings auch noch niemanden befragt, da ich erst einmal einen Überblick erhalten wollte«. Mit einer leicht abwertenden Mimik deutete er mit einem kurzen Kopfzucken in Richtung des Tatortes und fragte: »Einer dieser Obdachlosen, die hier ab und zu Unterschlupf suchen und sich betrinken«?

»Wir haben noch nichts«, meinte Thekla. »Es ist schon schlimm genug, dass es Menschen gibt, die am Rande der Gesellschaft leben müssen, - aber diese hilflosen Menschen dann auch noch zu überfallen, zu berauben oder sogar zu misshandeln und zu Tode prügeln, - einfach unmöglich«!

Thekla ging zwei Schritte auf Robert zu, um mit ihm gemeinsam die Böschung zur Siegstraße hinauf zu gehen, als Frau Dr. Panic rief: »Moment mal, - schauen Sie sich bitte das noch an«.

Thekla und Robert gingen zurück zu der Leiche, deren rechten Arm die Pathologin etwas angehoben hatte. Sie hatte den Ärmel des verdreckten Trenchcoats nach oben gestreift und hielt nun die unbedeckte obere Seite des Unterarmes hoch. Man sah auf ein sieben mal fünf Zentimeter großes Tattoo. Es schien bereits älter zu sein, da die Farben ausgewaschen wirkten. Dennoch sah man, dass es sich um eine professionelle Arbeit handeln musste. Die Ränder des Abbildes waren scharf und exakt in der Linienführung. Thekla holte ihr Smartphone aus ihrer Umhängetasche und fotografierte den Unterarm des Toten. Die Spurensicherung würde zwar mehrere Aufnahmen machen, jedoch war ihr ein direkter Blick mit Vergrößerungen, wie sie es am liebsten hatte, immer lieber, als auf die Bilder der Kollegen zu warten.

»Was stellt das dar«? fragte Robert, der sich mit seinem Gesicht bis auf etwa zwanzig Zentimeter an das Tattoo heruntergebeugt hatte. »Ein Kreuz? Etwa etwas Religiöses oder von einer Sekte«?

*

Lisa Drollig, eine junge Kollegin in Theklas Team der Dienstgruppe **II** der Mordkommission Siegburg, war von Thekla telefonisch über den neuen Fall informiert worden, als sich Thekla noch auf der Fahrt von der Pizzeria zum Tatort befand. Lisa wohnte nur zwei Straßen vom Fundort der Leiche entfernt, in der Ludwigstraße des Stadtteils Siegburg-Zange. Thekla forderte Lisa auf, sich schnellstmöglich im Umfeld des Tatortes umzusehen und nach sich verdächtig verhaltenden Personen, Ausschau zu halten. Die Erfahrungen der letzten Jahre hatten Thekla gezeigt, dass sich Täter, egal nach welcher Tat, gerne im näheren Bereich eines Tatortes aufhielten, um die ersten Maßnahmen der Polizei zu beobachten. Lisa hielt ihr

Smartphone während des Telefonates dicht an ihr Ohr gepresst, damit der neben ihr liegende neue Lover, nichts von dem, was Thekla sagte, mithören konnte. Sie saß völlig nackt, aufgerichtet im Bett, das Betttuch nur leicht über ihre Beine und ihre Scham gelegt. Sie deutete mit hastigen Handbewegungen dem Mann, mit dem sie sich eben noch wild dem Liebesspiel hingab an, er möge schnell aufstehen und sich anziehen. Die Beiden hatten sich am frühen Nachmittag auf der Außenterrasse eines nahegelegenen Lokals kennengelernt. Nachdem Lisa ihre beiden letzten weiblichen Beziehungen überwunden hatte, war sie nun offen für etwas Neues, diesmal mi einem Mann. Sie genoss ihre Bisexualität in vollen Zügen. Sowohl die maskuline Kraft testosterongesteuerter Kerle, als auch die weichen Rundungen und zarten Züge hingebungsvoller Weiblichkeit, hatten für Lisa im Wechsel, hinreißende Anziehungskraft, der sie sich in so manchen Situationen hingab. Thekla beendete das Gespräch und Lisa sprang aus dem Bett, wobei sie sich hastig anzog und dem verdutzten Mann sagte:

»Sorry, tut mir ehrlich echt leid, aber ich muss dringend weg, - Arbeit«.

»Wie Arbeit«? meinte der neben dem Bett stehende Mann, der sich gerade seine Hose anzog.

»Ich bin bei der Kripo«, meinte Lisa, »das war gerade meine Chefin. Wir haben einen neuen Fall und ich muss dringend los«.

Beide zogen sich ihre Oberteile an und Lisa drängte mit dem Haustürschlüssel in der Hand darauf, er möge sich doch bitte beeilen. Vor dem Haus drückte sie ihm einen Kuss auf die linke Wange und eilte die Ludwigstraße in Richtung der Siegwiesen. Im Laufen drehte sie sich noch einmal um und rief:

»Ich ruf Dich an«!

Er hob nur seinen rechten Arm und winkte ihr bestätigend nach. Danach fasste er sich an die Stirn und dachte:

»Wieso anrufen? – Wir haben doch gar keine Nummern ausgetauscht«.

Grinsend und kopfschüttelnd drehte er sich um und schlenderte in die andere Richtung der Ludwigstraße, in Richtung der rückwärtigen Seite des Siegburger Bahnhofes. Von dort aus würde sein Zug nach Krefeld fahren, wo seine Frau und seine beiden Kinder ihn bestimmt schon bald von seinem Klassentreffen zurückerwarten würden.

*

Thekla hatte in ihrer Dienstgruppe eingeführt, die Ermittlungsergebnisse eines jeden einzelnen Teammitgliedes am Abend in dem Besprechungsraum in der zweiten Etage des Polizeipräsidiums, allen Kollegen und Kolleginnen ihres Teams, zugänglich zu machen. Sie wollte stets, dass am Tagesende jeder auf dem Wissensstand des anderen war. Nur so, glaubte sie, seien zielführende Ermittlungen auf gebündeltem hohem Niveau gewährleistet. In so manch einem zurückliegenden Fall hatte genau diese Denkweise schon zu schnellem Erfolg geführt. Nur heute schien ihr dies nicht angedacht und sie hatte die Besprechung auf den nächsten Morgen verlegt. Zum einen war es bereits zeitlich recht spät geworden und die Ermittlungen hatten nach dem spät nachmittäglichen Leichenfund gerade erst begonnen, zum anderen waren Sybille Salz, die dritte in ihrem Team und als gute Seele des Innendienstes, noch nicht in den Fall eingewiesen. Auch war der weitere Kollege, Peter Ludwig, noch dienstuntauglich krankgeschrieben. Am morgigen Tag würde sich entscheiden, ob er zum Dienst erscheinen würde oder die ärztliche Diagnose „Postcovidsyndrom" auch noch weiterhin Bestand haben würde. Peter fehlte nun bereits seit über einem Jahr.

»Dieses Scheiß Covid 19«, sagte Thekla laut vor sich hin, während sie den Wagen von der Bonner Straße kommend über die Frankfurter Straße, vorbei am Polizeipräsidium, Richtung Siegburg-Stallberg lenkte, wo sie mit Robert wohnte.

Robert drehte seinen Kopf nach links und schaute Thekla mit in Falten gelegter Stirn an.

»Wie? – Scheiß Covid 19«, meinte er.

»Ach vergiss es« meinte Thekla nur und winkte mit ihrer rechten Hand in Richtung Robert, »nicht so wichtig«.

*

David Sommer, der uneheliche Sohn von Thekla Sommer, kam mit seiner Freundin Jana Kaminski am frühen Abend nach Hause. Die beiden wohnten in der Dachgeschosswohnung des Hauses in Siegburg-Deichhaus, welches Davids Vater, Bernd Lay, mit Janas Mutter gemietet hatten. Hier, in der knapp achtzig Quadratmeter großen Wohnung hatte sich das junge Liebespaar ihrem Geschmack entsprechend eingerichtet. David und Jana hatten vor kurzem beide ihr Abitur gemacht. Somit stand für David und seinem weiteren Vorhaben, nach einem Theologiestudium mit

25

begleitendem Studium in Sozialwissenschaften, nichts
mehr im Wege. Er wollte sich zur Aufgabe setzen den
Verbrechen, vor deren Aufklärung seine Mutter immer
wieder stand, im Vorfeld durch psychosoziale Beratung
bei Jugendlichen und der Verkündung des Wortes Gottes,
entgegenzuwirken. Die Freude über das bestandene
Abitur feierten er und Jana bisher ausgiebig mit ihren
Kommilitonen. So auch an diesem Tag. Müde und leicht
beschwipst betraten die Beiden ihr Zuhause. Beide zogen
sich aus und begaben sich, ohne vorher noch zu duschen,
in ihr selbst gezimmertes Bett aus zurechtgeschnittenen
Holzpaletten. Zwar wollte Jana noch mit David kuscheln,
was sie zum Ausdruck brachte, in dem sie sich unter der
Decke zärtlich an ihn schmiegte und ihre Hand über
seinen Bauch nach unten rutschen ließ. David widerstand
jedoch dem betörenden Duft von Janas neuen Parfüms,
sowie dem wohlig weichen Drängen ihrer Brüste. Er war
einfach zu müde und kaputt von der heutigen Feier. Er
hob unter der Bettdecke behutsam Janas Hand von seinem
Freudenspender weg, legte diese zwischen sich und Jana,
wobei er sich langsam zu ihrer Seite drehte, mit den
Worten:

»Heute bitte nicht, mein lieber Schatz, ich bin einfach
zu müde« schloss er bereits seine Augen und schlief
augenblicklich ein.

Zu gerne hätte Jana, wie fast an jedem Abend, noch mit David geschlafen. Etwas traurig drehte auch sie sich auf den Rücken, ließ aber nach kurzer Zeit, in der sie ihr Verlangen erneut kommen spürte, ihre Hand über ihren Bauch streichen und die warme Stelle zwischen ihren leicht gespreizten Beinen ertasten.

*

»Wer ist denn die Frau da«?

»Die Frau, die da auf dem Bett liegt, das nicht viel breiter ist als sie selbst«?

Sie hat nur ein Nachthemd an und atmet so komisch. Gleichzeitig scheint sie sehr zu schwitzen und ruft andauernd etwas. Komisch, dort sind auch noch mehr Leute, die am Fuße ihres Bettes stehen. Es ist eine schöne Frau aber sie scheint sehr gestresst zu sein. Sie ist sehr schlank und dennoch hat sie einen ganz dicken Bauch. Sie scheint mir sehr vertraut zu sein und dennoch so fremd. Nein, gesehen habe ich sie bestimmt noch nicht, aber ich fühle mich so unendlich wohl.

»Aua, was knufft mich denn da auf einmal so«. Hier ist es so angenehm warm und vertraut und so heimelig. Doch irgendetwas stupst mich da plötzlich überall. Von allen Seiten werde ich nun gedrückt und ich fange an, mich zu

27

drehen. Hui, mir wird ganz schwindelig und mein gemütliches Dasein scheint durcheinander gerüttelt zu werden. Nun wird es auch noch ganz eng um mich rum.

»Hat dies alles mit der Frau auf dem Bett zu tun«? Der Frau, die nun immer öfter und in kürzeren Abständen schreit und die Hand eines Mannes drückt, der in einem weißen Kittel neben ihr am Bett steht. Nun fängt sie auch noch an, zu weinen und zwischendrin zu hecheln. Oh je, es wird doch nichts Schlimmes mit ihr passieren? Sie ist mir sehr vertraut und scheint mir ans Herz gewachsen!

»Aua«. Schon wieder werde ich gedrückt und gerüttelt. Alles gerät durcheinander und mir ist so schwindelig. »Was ist denn mit meinem zu Hause los«?

»Eh, jetzt reicht es aber. Ich habe bisher ein so schönes Dasein gehabt und jetzt auf einmal so was«? Nun drückt auch noch etwas von unten ganz kräftig gegen mich und irgendetwas scheint meinen Kopf zu umklammern.

»Nein, nein, es ist jetzt wirklich genug. Was ist es denn da oben so unnatürlich hell«? Ganz anders als ich bisher in meiner gemütlichen Umgebung gewohnt bin. Ich spüre wie die Frau auf dem Bett nun alle Kraft zusammennimmt, um noch einmal ganz fest zu pressen. Ich will gerade noch rufen „Nein, bitte nicht", doch es ist zu spät. Auf einmal ist alles so stechend hell um mich herum, dass ich unbedingt meine Augen zukneifen muss. Ebenfalls ist es auf einmal auch so kalt. Ich denke nur noch zurück an mein bisheriges wohlig warmes zu Hause und schreie vor Schock ganz kräftig los. Dies scheint die Frau auf dem Bett und die anderen Menschen auch noch lustig zu finden. Alle atmen kräftig durch und scheinen erleichtert. Sie lachen sogar über mich, wie ich hier frierend und schreiend in den Händen einer wildfremden Frau gehalten werde.

Eine Frau, die in der Ecke sitzt sagt laut:

»10. Juli 2006, es ist 7.50 Uhr, ein Junge«.

Dies wurde von ihr in ein dickes, vor ihr liegendes Buch geschrieben.

Ich merke, wie ich abgerubbelt, vermessen und gereinigt werde. Jetzt kommt ein dickes flauschiges Tuch um mich herum und ich fühle mich fast wieder so wohl, wie in meinem einstigen dunklen zu Hause. Nun fliege ich irgendwie durch die Luft, ach nein, ich werde getragen – und finde mich auf der Brust der Frau wieder, die ich eben auf dem schmalen Bett gesehen habe. Langsam blinzle ich ihr entgegen und erkenne sie nun zu meinem Entzücken ganz genau wieder.

Es ist meine Mama!

*

David öffnete seine Augen und starrte in die Dunkelheit. Was war das? Eben noch umgab ihn gleißendes Licht und nun plötzlich Dunkelheit? Er fühlte, wie er auf seiner weichen Matratze lag. Instinktiv suchte er mit seiner rechten Hand neben sich, dort wo immer seine Freundin lag. Er atmete tief durch seinen geöffneten Mund ein. Jana lag neben ihm, erwachte aber durch Davids Berührung.

»Was ist los«? fragte sie erschrocken, als sie die neben dem Bett stehende Leuchte angeschaltet hatte.

David stellte sofort fest, dass er soeben einen sehr schönen aber auch seltsamen Traum hatte. Schon oft hatte er sich mit Janas und anderen Freunden über die Bedeutung von Träumen und die Einordnung in die Realität befasst.

»Etwas so Realistisches in solcher Intensität und gleichzeitigem gefühlsmäßigem „Miterleben" habe ich noch nie in einem Traum gehabt«, beendete David die Wiedergabe des Traumes.

Jana, die ihr Gesicht seitlich auf die Brust von David gelegt hatte, streichelte ganz sanft mit ihrer linken Hand über Davids Stirn und Wange.

»Versuch wieder zur Ruhe zu kommen und erholsam
weiter zu schlafen«, meinte sie flüsternd. »Morgen früh
können wir ja vielleicht mit meiner Mutter reden und sie
fragen, ob sie uns in diesem Fall weiterhelfen kann«?

Doris Kaminski, Janas Mutter, hatte schon seit einiger
Zeit eine Gabe entdeckt und diese ausgebaut, aus „Kipper
Karten" die Zukunft sehen zu können und Deutungen zu
bereits Geschehenem, machen zu können. So legte sie
dann auch am folgenden Morgen, nach einem
reichhaltigen Frühstück, auf Davids Wunsch die Kipper
Karten in einer vorgegebenen Anordnung auf dem
Wohnzimmertisch. Aus der Deutung der Karten
zueinander ergab sich die Situation, dass nicht David,
sondern seine Mutter im Mittelpunkt der Deutung und
somit des Traumes stand. Etwas vollkommen Neues, zwar
schon einige Zeit erwartetes, würde in ihr Leben treten, so
wie die Geburt eines Kindes, welches durch die
Schwangerschaft erwartet wurde und das Leben einer
Mutter verändert.

»Das kapier ich nun gar nicht« meinte David zögerlich,
wobei er Jana anschaute, die ihren Blick immer noch
gebannt auf das vor ihr liegende Kartenbild richtete.

»Warte ab David« beruhigte Doris Kaminski nun
David, in dem sie ihre geöffnete Hand auf Davids
Unterarm legte und weitersprach, »es ist ein absolut

positives Kartenbild und in Verbindung mit Deinem sehr realitätsnahen Traum, auch ein freudiges Ereignis, was da auf Thekla zukommen wird«. Lächelnd und wohlwollend legte sie die Karten wieder zusammen und steckte sie in die dafür vorgesehene Hülle.

*

Thekla räumte das Geschirr des Frühstücks in die Spülmaschine ein. Es war wieder einmal die Mühe, die sich Robert beim Zubereiten des Frühstücks gemacht hatte, was sie zufrieden lächeln ließ. Robert hatte bereits recht früh, Brötchen und Schokoladencroissants beim Bäcker auf der nahegelegenen Zeithstraße am Stallberg geholt. Er hat sogar Rühreier mit gewürfeltem Schafskäse und knusprig gebratenem Schinkenspeck zubereitet. Nach dem gemeinsamen Frühstück, setzte Robert sich auf der überdachten Terrasse zum Garten hin und rauchte genüsslich eine Marlboro. Er hatte nach einem ausgiebigen Kneipenbummel mit seinen ehemaligen Kumpels, wieder mit dem Rauchen begonnen. Aus Rücksicht auf Thekla, rauchte er nicht in ihrer Anwesenheit und nur außerhalb der Wohnung.

»Was wolltest Du mir eigentlich gestern in der Pizzeria noch sagen, als Du mir die liebevollen Zeilen überreicht hattest und wir plötzlich von Alfred über den neuen Fall informiert wurden«? fragte Thekla, als sie auf die Terrasse

32

kam und sich hinter Robert stellte. Liebevoll kraulte sie Roberts Hinterkopf, dort, wo er noch Haare hatte, - denn sein Haupthaar hatte sich in den letzten Jahren ziemlich gelichtet. Auch an ihm ging der „Zahn der Zeit" nicht vorbei, worauf er jedoch nicht angesprochen werden wollte.

Roberts Blick wurde starr. Er senkte leicht den Kopf und meinte zögerlich:

»Ach, - nichts weiter. Lediglich wollte ich Dir nochmal sagen und zeigen, wie glücklich ich darüber bin, dass wir zusammen sind«.

Thekla lächelte. Sie tippte, immer noch hinter ihm stehend, auf seine Schulter und meinte: »Komm lass uns fahren. Es ist halb neun und wir haben die heutige Besprechung im Präsidium auf neun Uhr angesetzt«

»Puh, - nochmal Glück gehabt«, dachte er und erhob sich vom Gartenstuhl.

*

Die Strecke vom Stallberg bis zum Präsidium legten sie in dreizehn Minuten zurück. Robert hatte schon den Aufzugsknopf in der Tiefgarage gedrückt, aber Thekla ging mit den Worten:

»Komm schon Du Faulpelz«, an ihm vorbei zur Treppe. Sie nahm nie den Aufzug, sondern ging die Stufen zur zweiten Etage stets zu Fuß. Leider kam sie immer weniger dazu, ihr tägliches Lauftraining um den Michaelsberg oder durch den Lohmarer Wald zu absolvieren. Das Treppensteigen jedoch hielt sie wenigstens ein wenig in täglicher Bewegung.

Oben angekommen, gingen sie den Flur entlang, um in die auf der linken Seite gelegenen Büros zu gelangen. Diese waren durch großflächige Glasfenster abgeteilt. So hatten die Kollegen Thekla Sommer, Robert Hanf und Lisa Drollig untereinander Sichtkontakt aber dennoch die Ruhe abgetrennter Büros. Auf der anderen Seite des Flurs waren die Büros von Peter Ludwig und Sybille Salz, die als „gute Seele" der Abteilung, den Innendienst übernommen hatte und für die Internetrecherche und Telefonarbeit verantwortlich war. Weiterhin befand sich auf dieser Flurseite ein großer Besprechungsraum mit einem ovalen Tisch, an dem schon Sybille und Lisa Platz genommen hatten, als Thekla und Robert diesen betraten.

Thekla setzte sich neben Robert und begann mit den Worten:

»Guten Morgen Ihr Zwei. Gibt es etwas Neues von Peter«?

Sie schaute auf den Platz, an dem der Kollege Peter Ludwig immer gesessen hatte, bevor er an einer starken Form der „Covid 19" erkrankt war. Sybille schüttelte den Kopf.

»Er hat sich vor etwa einer halben Stunde weiter dienstuntauglich gemeldet«, gab sie zur Antwort. Er meinte am Telefon, da er nun schon achtzehn Monate an den Folgen litt, hätte ihm sein Arzt die Überlegung mitgegeben, ob er sich nicht frühzeitig vom Dienst verabschieden wolle und frühzeitig in Pension gehen wolle? Schließlich war Peter nun bereits achtundfünfzig Jahre alt«.

»Hoffentlich nicht«, meinte Thekla kopfschüttelnd. »Er ist ein langjähriger und sehr erfahrener Kollege, nur schwer zu ersetzen. Ich drück ihm die Daumen. Nun zu unserem neuen Fall. Haben sich über Nacht bereits neue Erkenntnisse der KTU ergeben«?

Sybille legte einen Bericht der Abteilung vor, woraus hervorging, dass der Mann aufgrund seiner Fingerabdrücke beim Abgleich in der internen, als auch mit der Datenbank des LKA, identifiziert werden konnte. Er war vor etwa fünf Jahren polizeilich erfasst worden, als er dabei erwischt wurde, wie er nachts in einen Kiosk eingebrochen war, um Schnaps zu stehlen. »Es handelt sich um Max Soltau, einundfünfzig Jahre alt, polizeilich gemeldet in Sankt Augustin, Ankerstraße. Er wurde bisher zweimal wegen „Erregung öffentlichen Ärgernisses" angezeigt. Beim ersten Mal wurde er vom Richter ermahnt und weil er einen festen Wohnsitz hatte, nach Hause entlassen. Beim zweiten Mal wurde er zu einer Geldstrafe verurteilt. Beide Male hatte er sich in der Öffentlichkeit entblößt und sich in schamverletzender Weise gezeigt«.

»Genauere Angaben über Todeszeitpunkt und Ursache«? fragte Thekla.

Sybille schüttelte den Kopf, wobei sie auf die an der Wand hängenden Uhr schaute. »Dafür ist noch zu früh, - die Gerichtsmedizin hat sich noch nicht gemeldet«, meinte sie.

»Lisa, hast Du gestern irgendetwas in der Umgebung des Tatortes gesehen oder bemerkt, dem wir nachgehen könnten«? fragte Thekla.

Auch Lisa schüttelte den Kopf. »Leider nichts Auffälliges«, meinte sie.

Thekla überlegte kurz, dann meinte sie: »Okay, fangen wir wieder klein an. Sybille, - Du recherchierst bitte alles was Du über den Toten rausfinden kannst. Beruf, Finanzen, Vorlieben, Kontakte, vor allem aber, warum er in so einem verwahrlosten Zustand an einem Ort aufgefunden wurde, der hauptsächlich im Bereich der Obdachlosen anzusiedeln ist. Wenn er doch eine Meldeadresse hatte, frage ich mich, warum er sich dort aufgehalten hat. Vielleicht findest Du etwas im Netz oder in polizeilichen Akten«.

Nachdem Sybille sich einiges notiert hatte, verließ sie den Besprechungsraum und ging mit den Worten: »Ich mach mich sofort an die Arbeit« in ihr Büro.

»Lisa«, Thekla schaute nun zu Lisa, »Du befragst bitte noch einmal in der Nähe des Tatortes die dortigen Anwohner, hauptsächlich in der gegenüberliegenden Gaststätte. Mach Dich bitte schlau, wer gestern Dienst bei den Straßenbahnfahrern hatte. Vielleicht ist einem der Bahnfahrer etwas aufgefallen. Die Bahnlinie verläuft nur etwa fünfzig Meter parallel zur Brücke, unter der der Tote gefunden wurde.

Lisa nickte.

»Wir«, Thekla stand auf und schob den Stuhl mit den Beinen nach hinten, wobei sie den neben ihr sitzenden Robert anschaute, »fahren zu der Meldeadresse des Toten, wobei mich schon interessiert, wieso er eine Meldeadresse hat und so verhärmt aufgefunden wurde«.

*

»Ankerstraße, - hier sind wir richtig«, meinte Thekla und steuerte ihren Twingo von der Mendener Straße kommend, zum Zielort.

»Nicht gerade einladend hier«, meinte Robert und schaute auf die hier stehenden Hochhäuser. »Ob das hier zum sozialen Brennpunkt zählt«? fragte er sich.

Die Klingelschilder an dem Haus waren teilweise vergilbt, teilweise beschädigt oder fehlten sogar vollständig.

»Hier, - Soltau, - aber ohne Vornamen« sagte er und klingelte,

»Ja bitte«, fragte eine Frauenstimme über die Gegensprechanlage.

»Kriminalpolizei«, meinte Robert und versuchte nicht zu abschreckend zu klingen, »öffnen Sie bitte mal die Türe. Auf welche Etage müssen wir«?

»Fünfte«, sagte die Frauenstimme. Dann surrte der Türöffner.

»Hoffentlich funktioniert der Aufzug«, meinte Robert als die Beiden in den Hausflur traten. Thekla schmunzelte, als sie zunächst in Roberts Augen sah und sich ihr Blick dann auf seine kleine „Kugel" oberhalb seines Gürtels senkte. »Gott sei Dank«, meinte er, als sich die Aufzugstüre öffnete und sich das diffuse Licht in der Aufzugkabine zeigte.

Frau Soltau stand im Jogginganzug an der geöffneten Türe ihrer Wohnung. Thekla zeigte ihren Dienstausweis mit den Worten: »Thekla Sommer, Kripo Siegburg, das hier«, - sie zeigte auf den halb schräg hinter ihr stehenden Lebensgefährten, »ist mein Kollege Hanf«.

»Ja, ja, ist schon gut. Kommen Sie rein, Ihr Kollege ist schon da«, antwortete Frau Soltau und zeigte an sich vorbei in Richtung des Wohnzimmers.

»Der Kollege«? wunderte sich Thekla und schaute Robert fragend an.

Als sie das Wohnzimmer betraten, erkannten sie den Kollegen Zimmer aus dem Team der Dienstgruppe I, der Mordkommission. »Was machst Du denn hier«? fragte Thekla verwundert, - «den Fall hat Alfred Bollenkamp doch an uns, die Dienstgruppe II, übergeben«.

»Komisch« antwortete der Kollege Zimmer, »wir haben gestern Morgen die Ermittlungen in der Sache „Fabienne Soltau" und der gefährlichen Körperverletzung

mit einhergehender Ankündigung eines möglichen
weiteren Mordanschlages übernommen. Wieso seid Ihr
denn jetzt auch hier«?

In den nächsten fünfzehn Minuten klärte sich auf, dass
es sich hier um zwei verschiedene, aber doch
zusammenhängende Fälle, handelte. Da der vollendete
Mord an Herrn Soltau polizeilich als höherwertig zu der
Körperverletzung einzustufen sei, übernahm Thekla die
Ermittlungen als Dienstgruppenleiterin.

Zu der Körperverletzung an ihrer Tochter konnte Frau
Soltau keine Angaben machen, da sie bis zum Klingeln
des Kripobeamten Zimmer noch gar nichts von dem
Überfall wusste. Ihre Tochter war vor einiger Zeit
ausgezogen und hielt wenig Kontakt zu ihr. Außer dass sie
hin und wieder vorbeikam und ihrer Mutter einige hundert
Euro zusteckte, war die Verbindung recht kühl. »Sie sagte
immer, sie hätte einen sehr gut bezahlten Job«, meinte
Frau Soltau weinend. Dass ihre Tochter nun so verletzt
wurde, schien ihr sehr nahe zu gehen. Den Tod ihres
Mannes hingegen, nahm sie eher gleichgültig hin. Er hatte
vor einigen Jahren einen Schlaganfall, von dem er sich
nach etwa einem halben Jahr etwas erholt hatte. Die
anschließende Hirnhautentzündung bescherte ihm jedoch
einen teilweisen Verlust seiner Denkfähigkeit. Immer
wieder traten zunächst Lücken in seiner Erinnerung auf,
die zunehmend zu einem Verlust seiner kognitiven

Leistungen und der Akzeptanz seiner Persönlichkeit führten. Vor seiner letztendlichen Distanzierung von seiner Familie und dem sozialen Rückzug aus der „Gemeinsamkeit" hatte er Anzeichen gezeigt, in frühpubertäre Muster zu verfallen.

»Warum wurde er denn bei so einer gesundheitlichen Einschränkung nicht in pflegerische Obhut übergeben«? wollte Robert wissen.

»Sie müssen wissen, - mein Mann hatte als Archäologe immer gut verdient. Nach Ausbruch seiner Krankheit, bekamen wir eine Berufsunfähigkeitsrente. Wovon hätte ich denn leben sollen, wenn er in ein Heim gekommen wäre«? Er hat zwar schon am Anfang unserer Ehe immer mal wieder davon gesprochen, dass er nach dem Schatz seines Opas suchen würde. Sobald er ihn gefunden hat, würden wir es uns so richtig gut gehen lassen, - aber das war wohl auch nur so ein Hirngespinst von ihm«.

»Was für einen Schatz? Gab es genauere Aussagen oder Anhaltspunkte dafür«? wollte Thekla wissen.

»Sein Opa ist zehn Jahre nach Kriegsende gestorben. Auch der Vater von Max ist mittlerweile bereits seit fünfzehn Jahren tot. Außer den vagen Aussagen meines Mannes, waren keine konkreten Anhaltspunkte für einen wertvollen Schatz da«, meinte Frau Soltau.

»Keine Hinterlassenschaft? Keine Aufzeichnungen? Keine Vermutungen«? fragte Thekla.

Frau Soltau schüttelte den Kopf, als sie meinte: »Glauben Sie sonst würden wir hier so leben«? Sie stand aus dem Sessel im Wohnzimmer auf, um aus der Küche eine Flasche Mineralwasser und Gläser zu holen. Als sie wieder kam, meinte sie nachdenklich: »Jetzt, wo Sie so fragen, fällt mir auf, dass Max sich ein Tattoo hat stechen lassen, kurz nachdem sein Vater verstorben war. Genau dieses Tattoo hatte auch sein Vater als Andenken an dessen Vater, der ebenso ein Tattoo auf seinem Arm hatte«.

»Der Großvater Ihres Mannes hatte das gleiche Tattoo wie Ihr Mann«? Thekla setzte sich nun aufrecht in den Sessel und fragte konzentriert nach. »Tattoos sind meines Wissens erst in den letzten fünfzehn bis zwanzig Jahren in Mode gekommen. Davor gab es die sogenannten „Arschgeweihe" auf dem Rücken, oberhalb der Gürtellinie. Vor diesem Zeitraum war es doch eher ungewöhnlich, ja eher sogar anstößig, sich ein Tattoo stechen zu lassen. Welchen Sinn hatte es also, dass der Opa Ihres Mannes sich ein Tattoobild stechen ließ«?

Frau Soltau zog ihre Mundwinkel nach unten und zuckte mit den Schultern. »Anscheinend war die ganze Familie nicht ganz bei Sinnen«, meinte sie.

*

Unterdessen war Lisa auf der Siegstraße, nur einige Meter vom Fundort der Leiche. Hier befragte sie die Anwohner, ob sie am gestrigen Nachmittag etwas beobachtet hätten, das zu dem Verbrechen in Verbindung gebracht werden konnte. Als sie das zweite Haus gerade verließ, klingelte ihr Handy.

»Hallo Thekla« meinte sie freundlich. Sie hatte den Namen ihrer Vorgesetzten im Display gesehen.

»Ich wollte Dich nur darüber informieren«, sagte Thekla, - »dass ich gerade von der Gerichtsmedizin angerufen wurde. Sie haben mitgeteilt, dass der Tote in der Zeit zwischen vierzehn bis siebzehn Uhr, erschlagen worden ist. Zweifelsfrei ist er durch einen Schlag auf seinen Kopf mit einem kantigen Holzteil getroffen worden. Es handelte sich um imprägniertes Holz mit Kanten im rechten Winkel. In der Wunde sind winzige Holzpartikel gefunden worden. Vergleiche im Internet haben ergeben, dass es sich aufgrund der Holzart und der Imprägnierung, höchstwahrscheinlich um eine Dachlatte oder ein Kantholz, wie es bei Bau- oder Gartenarbeiten verwendet wird, gehandelt haben muss. Die Fußtritte die am Körper gefunden wurden, wurden dem Toten „post mortem" zugefügt. Vielleicht kannst Du diese

43

Informationen für Deine Recherchen verwenden«? fragte Thekla die Kollegin.

»Okay, danke für die Info. Ich halte Augen und Ohren offen«, entgegnete Lisa, und klingelte an der nächsten Türe. Hier, wie auch in den nächsten drei Häusern, hatte ebenfalls keiner etwas gesehen, was der jungen Kommissarin weitergeholfen hätte. Lisa ging weiter in die Richtung Bonner Straße. An der Ecke der Siegstraße zur Bonner Straße, kam Lisa an der alten katholischen Grundschule vorbei, einer alten Schule, in der bereits Theklas Vater vor nunmehr sechzig Jahren eingeschult worden war. Sie schaute aus einigen Metern Entfernung in die dunklen Klassenräume, deren Fenster mit bunten aus Pappkarton ausgeschnittenen Figuren beklebt waren.

»Typisch Grundschule«, dachte Lisa.

Durch das neben der Schule befindliche große Tor, welches zu dem hinter der Schule befindlichen Pausenhof führte, kam ihr eine Frau mittleren Alters entgegen.

»Entschuldigung«, sprach Lisa die Frau direkt an und hielt ihren Dienstausweis vor sich, in Augenhöhe der Frau. »Lisa Drollig, Kriminalpolizei Siegburg. Darf ich Ihnen eine Frage stellen«?

»Selbstverständlich«, meinte die Frau, die in Eile zu sein schien.

»Gehören Sie zu dieser Schule? Waren Sie gestern auch hier«?

»Das waren zwei Fragen«, lächelte die Frau. »Ja, - ich bin Lehrerin hier an der Schule und ja, - ich war gestern auch hier. Worum geht es denn«?

»Unter der Brücke«, Lisa zeigte auf die etwa vierzig Meter entfernte Siegbrücke, »ist gestern ein Tötungsdelikt geschehen. Ich möchte lediglich wissen, ob Ihnen gestern etwas Ungewöhnliches aufgefallen war, was uns weiterhelfen könnte? Vielleicht ist Ihnen jemand aufgefallen der mit einer Holzlatte oder Pfosten vorbeiging«?

Die Lehrerin schaute überlegend in den Himmel, dann meinte sie »nein, - da kann ich Ihnen leider nicht weiterhelfen. Was ist denn da passiert? Sind unsere Schüler irgendwie in Gefahr«?

»Nein, es besteht keine Gefahr für die Kinder oder sonst jemanden. Wir ermitteln hier in dem Tötungsdelikt, ohne weitere Gefahr für die Bevölkerung«, meinte Lisa.

»Vielleicht ein islamistischer Anschlag«? fragte die Lehrerin, die weiterhin sehr erschrocken wirkte.

»Nein, da kann ich Sie wirklich beruhigen«, beschwichtigte Lisa. »so etwas schließen wir aus«.

Seitdem in den Medien immer wieder von weltweiten, zunehmend auch in Deutschland stattfindenden Anschlägen mit islamistischem Hintergrund berichtet wird, fragen sich besorgte Bürger immer wieder, ob dies nun auch „vor ihrer Haustüre" passieren würde. Tatsächlich jedoch sind Gewaltdelikte nicht häufiger glaubensbedingt, als vor zwanzig Jahren. So jedenfalls ist aus verschiedenen Statistiken zu entnehmen, dachte Lisa, als sie sich bei der Lehrerin für die Auskunft bedankt hatte, sich umdrehte und zum nächsten Haus gehen wollte.

»Halt«, rief die Lehrerin, die sich nach etwa drei Metern zu Lisa umdrehte, »mir ist doch noch etwas eingefallen. Herr Lehmkühler, der dort im übernächsten Haus wohnt, ist mir gestern etwa um die gleiche Zeit wie jetzt, genau hier begegnet. Er hatte eine Schubkarre dabei, in der er einige Holzpfosten und Bretter vor sich herschob. Mit diesen Pfosten wolle er in seinem Garten den Zaun zur Bahnlinie hin erneuern, den Jugendliche niedergetrampelt und beschädigt hatten, meinte er«.

46

Nachdem sich Lisa für die Schilderung der Beobachtung bedankt hatte, machte sie sich auf den Weg zu Herrn Lehmkühler. Nach einigem Klingeln, öffnete sich neben dem Haus ein Gartentürchen, aus dem ein Mann in Arbeitskleidung und mit Gummistiefeln heraustrat. Es stellte sich heraus, dass der Mann sechs Holzpfosten und drei Holzplanken von der Baustelle, etwa vierhundert Meter entfernt auf der Siegstraße, geholt hatte. Dort waren Bauarbeiter damit beschäftigt, eine Baugrube zu vermessen und die Baugrube einzurichten. Dazu hatten sie die Pfosten und Bretter benötigt. Die von ihm geholten Materialien hatte er von den Bauarbeitern bekommen, da diese nach Fertigstellung ihrer Arbeit übriggeblieben waren.

»Dafür haben die von mir zwanzig Euro für 'nen Kasten Bier bekommen«, meinte Herr Lehmkühler reumütig. »Hoffentlich bekommen die jetzt deswegen keinen Ärger. Verraten Sie bitte nichts«.

Lisa lächelte. »Nein, - keine Sorge, - ich bin nicht von der Bauaufsicht oder der Steuerfahndung«, sagte sie, bevor sie zu ihrem Dienstwagen ging, der an dem Parkplatz nahe der Brücke abgestellt war. Sie fuhr über die Siegstraße bis zum Kreisverkehr und bog dann in die Straße „Siegdamm" ab. Hinter dem Verkehrsübungsplatz der Fahrschule Kreiter, kam Lisa an die frisch eingerichtete Baustelle. Hier sollte wohl ein großes

Gebäude entstehen. So jedenfalls mutmaßte sie, als sie die Größe der mit Pfosten und Brettern eingerichteten Baugrube sah. Gerade als Lisa angehalten hatte und aus dem Wagen ausstieg, fuhr ein kleines Baustellenfahrzeug, ein Transporter mit Doppelkabine und Pritsche von der Baustelle runter auf den Siegdamm. Lisa hielt den Wagen mit ausgestreckter Hand an und zeigte durch das geöffnete Seitenfenster dem Fahrer ihren Dienstausweis.

»Guten Tag«, begrüßte sie den Fahrer und die drei noch im Fahrzeug befindlichen Bauarbeiter. »Kripo Siegburg. Ich habe da ein paar Fragen an Sie«.

Der Fahrer drehte den Zündschlüssel und schaltete den Motor aus.

»Hier ist alles in Ordnung. Kein Schwarzarbeiter, - alle angemeldet«. Jeder der Insassen holte seinen Ausweis aus dem Overall.

»Schon gut«, meinte Lisa. »Stecken Sie Ihre Ausweise wieder weg. Ich bin nicht vom Zoll oder Gewerbeamt. Mir geht es darum, - haben Sie gestern einem Mann Kanthölzer, Pfosten und Bretter überlassen, die er mit einer Schubkarre abgeholt hat«?

Der Fahrer des Wagens, vom Alter her wahrscheinlich der Vorarbeiter, meinte: »Die hatten wir übrig. Wir sind hier fertig und die Hölzer waren durch den Lehm hier sehr verdreckt. Außerdem waren an manchen Hölzern Beschädigungen durch Absplitterungen. Wir hätten die bei uns wahrscheinlich entsorgen müssen, und da dachte ich«…

»Schon gut«, beruhigte Lisa den Mann, der nach Rechtfertigungsgründen suchte. »Das verfolgen wir nicht und auch Ihr Chef wird von uns nichts erfahren. Meine Frage ist nur, ob das mit der Abgabe an den Mann seine Richtigkeit hat«?

Der Fahrer nickte. »Ja«, meinte er sehr beruhigt, denn er hatte schon Ärger auf sich zukommen sehen.

»Alles klar, und schönen Feierabend«, nickte Lisa den vier Männern zu.

*

In der abendlichen Fallbesprechung im Besprechungsraum der Dienstgruppe II des Präsidiums, saßen Lisa, Sybille, Robert und Thekla an dem großen ovalen Tisch. Thekla erläuterte was die Befragung der Witwe des Toten ergeben hatte.

»Das Besondere daran war«, so Thekla, - »dass sich bei dem Toten manifestiert hatte, zu enormen Reichtum zu gelangen. Obwohl keinerlei objektive Hinweise dazu zu erkennen waren, war es für Herrn Soltau wohl eine unumstößliche Realität. Ob möglicherweise sein Tattoo Hinweise darauf geben könnte, die letztendlich zur Klärung des Mordes führen, bleibt zunächst ungewiss. Komisch ist nur, dass sowohl sein verstorbener Vater als auch sein verstorbener Großvater, das gleiche kreuzähnliche Tattoo am Unterarm hatten. Sybille, - ich möchte Dich bitten, morgen nach diesem Tattoo im Internet zu recherchieren. Vielleicht gibt es ja Zusammenhänge zu einer Sekte oder einer logenähnlichen Verbindung«.

Sybille Salz notierte sich Stichpunkte, während sie zustimmend nickte.

»Was vielleicht auch zu unserem Fall gehören könnte, ist ein Überfall auf Fabienne Soltau, die Tochter des Toten. Am Tatort eines nächtlichen blutigen Überfalls auf sie, wurde ein handschriftlicher Zettel gefunden, auf dem es sich wohl um eine letzte Warnung handeln würde. Ihr Vater solle endlich „mit der Sprache" rausrücken. Fabienne wurde vor ihrer Wohnung auf der Hohenzollernstraße von Unbekannten beim Verlassen eines Fahrdienstwagens, attackiert worden«.

»Da kann ich morgen früh direkt Näheres ermitteln«, meinte Lisa, - »das ist bei mir um die Ecke. Die Straße ist eine kreuzende Straße zur Ludwigstraße, in der ich wohne«.

»Gut, - prima. - dann beginnst Du morgen mit einer Befragung von Fabienne Soltau«, begrüßte Thekla die stets vorhandene Einsatzbereitschaft von Lisa. »Was haben Deine heutigen Ermittlungen ergeben«?

Lisa las von dem Zettel ab, auf dem sie stichpunktartige Notizen gemacht hatte. Sie erzählte von Herrn Lehmkühler und der mit Holzpfählen beladenen Schubkarre. Weiterhin erwähnte sie, woher die Pfähle stammten und dass sie nicht gestohlen wurden.

»Wenn Du die Befragung von Frau Soltau abgeschlossen hast, solltest Du noch einmal diesen Herrn aufsuchen und Dir die Pfähle zeigen lassen. Je nachdem wie sich der Mann verhält oder sich in Widersprüche verwickelt, kannst Du ihn zur weiteren Befragung hier ins Präsidium bestellen. Ein offizielles Umfeld bringt ihn vielleicht dazu, sich an Sachen zu erinnern, die uns weiterbringen«. Thekla sprach nicht aus, dass er als Tatverdächtiger in Frage kam, nur weil er Pfosten und Bretter von einer Baustelle am Tatort vorbei transportiert hatte. Es wäre aber durchaus im Bereich des Möglichen.

*

Fast hatte ich mich verschluckt und stellte die Kaffeetasse mit dem frisch gebrühten morgendlichen Kaffee neben die Zeitung, in der ich am Frühtischtisch las. Meine Frau meinte, ich sei ein Ferkel, als sie die Kaffeeflecken auf meinem eben frisch angezogenem Hemd sah. Erst als sie mit einem Tuch von der Küchenrolle zu mir kam und die Überschrift in der Zeitung las, weiteten sich auch ihre Augen. Da stand, dass ein mutmaßlich Obdachloser, nackt unter der Siegbrücke gefunden worden war. Lediglich mit einem Trenchcoat bekleidet, sei er wahrscheinlich mit einem Stück Holz erschlagen worden. Bei dem Toten handele es sich um Max S. stand dort zu lesen. Meine Frau wandte ihr Gesicht zu mir und schaute mir in die Augen. Hatte sie in letzter Zeit eine Veränderung wahrgenommen? Merkte sie, dass ich mit einigen Männern, mit denen ich mich zusammengetan hatte, hinter diesem Mann her war und über ihn recherchiert hatte? Ahnte sie, dass ich seinem Geheimnis ganz dicht auf den Fersen war? Sie erinnerte sich an den Namen, von dem die Polizisten sprachen, als es um den Exhibitionisten vor unserem Geschäft ging.

*

»Schläfst Du noch«? fragte Jana. Sie lag auf dem Bauch unter der Steppdecke, die sie und David bedeckte, in ihrem Bett. Sie war bereits einige Minuten wach und es gingen ihr seltsame Gedanken durch den Kopf.

»Hm, ja«, stöhnte David, der zwar auch schon einige Zeit wach war, seine Augen aber immer noch geschlossen hatte und sich den Traum immer wieder vorstellte, den er eben hatte. Er rieb sich die geschlossenen Augen mit den Handinnenflächen und dann das gesamte Gesicht, so als wolle er nun den Schlaf aus Augen und Gesicht reiben. »Was ist denn«? fragte er neugierig, wobei er seine Augen nur einige Millimeter öffnete, um nicht in den hellen Raum der Dachgeschosswohnung schauen zu müssen.

»Was glaubst Du«, fragte Jana, die sich bereits die Antwort auf ihre Frage selber in den schillerndsten Gedanken ausmalte, - »hat meine Mutter gemeint, als sie in den Karten gesehen hat, dass Deiner Mutter ein sehr bedeutendes Ereignis bevorstehen würde? Kannst Du Dir auch vorstellen, dass sie nochmal Mutter wird? Ich jedenfalls kann es mir gut vorstellen«.

»Igitt, - hör auf. Meine Mutter soll Mutter werden? Wie soll das denn gehen? In dem Alter hat man doch keinen Sex mehr. Nee, - hör auf, - dass kann und will ich mir gar nicht vorstellen«.

»Aber Deine Mutter ist erst achtunddreißig«,
antwortete Jana, die immer noch bäuchlings auf dem Bett
lag. »Es wäre biologisch doch durchaus denkbar«.

»Hör endlich auf damit«, unterbrach David mit lauter
werdender Stimme, »es ist meine Mutter und ich kann mir
nicht vorstellen, dass in dieser Hinsicht bei denen noch
was läuft«.

Jana grinste.

David jedoch hob die Bettdecke an und drehte sich auf
die Seite, in die Richtung zu Jana. Seine Hand strich über
Janas Rücken bis zu ihrem knackigen Po, den er nun sanft
streichelte. Jana drehte sich langsam auf ihren Rücken,
wobei Davids Hand zwischen ihre Schenkel glitt, die sich
lustvoll öffneten.

*

Lisa klingelte an dem mit großen, marmorähnlichen
Platten verkleideten Haus auf der Hohenzollernstraße.
Das Klingelschild zeigte den Namen „F. Soltau".
Wahrscheinlich hatte sie den Vornamen nicht
ausschreiben lassen, um sich vor belästigendem Klingeln
zu schützen. Lisa klingelte ein zweites Mal. Keiner
öffnete. Also beschloss Lisa zunächst einmal Herrn
Lehmkühler aufzusuchen und später noch einmal zu

versuchen, die Tochter des Toten zu befragen, die selber Opfer geworden war. Sie fuhr mit dem Dienstwagen einige hundert Meter zurück über die Ludwigstraße, vorbei an dem Haus, in dem sie selber wohnte. Die Digitalanzeige der Uhr neben dem Tacho zeigte „acht Uhr fünfundvierzig".

*

Fast zeitgleich kamen Thekla und Robert im Präsidium an und gingen in Richtung ihrer Büros. Der Duft von frisch gebrühtem Kaffee stieg ihnen in die Nase.

»Ist Sybille schon da und hat Kaffee gekocht«? fragte Robert. Thekla öffnete die Türe zu Sybilles Büro, die bereits fleißig gewesen war. Vor ihr lagen einige Dokumente und handschriftliche Aufzeichnungen. Sie blickte auf und begrüßte die Beiden.

»Hallo Ihr zwei. Mir ließ der neue Fall heute Nacht keine Ruhe, hauptsächlich das Tattoo des Toten. Ich bin bereits seit kurz vor Sieben hier und habe Interessantes recherchiert. Zunächst habe ich das Bild des Tattoos durch verschiedene Programme vergleichen lassen auf Hinweise zu dem Abbild und den darin enthaltenen Zahlen. Keine Treffer. Dann habe ich in Berichten verschiedener geheimer Verbindungen aus früheren Zeiten geschaut, welche Logen oder Gilden „Kreuze" als Abzeichen trugen. Hier habe ich zwar einiges gefunden, jedoch keine mit irgendwelchen Zahlenreihen, wie im vorliegenden Fall. Dann habe ich experimentiert. Ich habe mir gedacht, es könne sich vielleicht um einen Zahlencode handeln, der in richtiger Reihenfolge einen weiteren Hinweis ergibt. Und siehe da, - ich bin auf etwas Interessantes gestoßen«.

Thekla beugte sich neugierig über die Aufzeichnungen, die auf Sybilles Schreibtisch lagen.

»Die einzelnen Zahlenkombinationen habe ich in verschiedenen Kombinationen zusammengesetzt und im Internet abgleichen lassen. Nach einigen Versuchen habe ich dieses Ergebnis erzielt«.

Sybille zeigte auf einen neben ihr liegenden Stadtplan von Siegburg. »Es handelt sich wahrscheinlich um Koordinaten die einen Platz mitten auf dem Siegburger Marktplatz markieren«.

Thekla schaute auf den Stadtplan, auf dem Sybille den Ort mit einem Kugelschreiber eingezeichnet hatte.

»Die Koordinaten „50.796586, 7.206636" ergeben diesen Punkt hier«, meinte Sybille.

»Und was bedeutet dann die Zahl 1945 auf dem unteren Schenkel des Kreuzes«? fragte Thekla.

»Möglicherweise eine Jahreszahl«, murmelte Robert.

Thekla setzte sich auf den Stuhl vor Sybilles Schreibtisch. Sie überlegte angestrengt, bis es ihr wie ein Geistesblitz durch den Kopf schoss.

»Na klar, - das könnte eine Jahreszahl sein. Am 10.04.1945 endete der Krieg für die Siegburger durch den Einmarsch der Amerikaner. Vielleicht wurde zu diesem Zeitpunkt an dieser Stelle noch etwas deponiert, was vor den Amerikanern verborgen werden sollte«, meinte sie.

»Du meinst Munition oder Waffen«? fragte Robert.

Thekla schüttelte den Kopf. »Ich meine, etwas viel Wertvolleres, musste es gewesen sein. Wieso sonst hätte sich der Opa unseres Toten sich die Schmerzen eines Tattoos angetan? Damals gab es mit Sicherheit nicht solch feine Nadeln, sich ein Tattoo relativ schmerzfrei stechen zu lassen«.

»Und wieso hat dann auch Max Soltau dieses Tattoo auf seinem Arm«? fragte Sybille.

»Na,- das ist doch klar. Zum einen hat der Vater von Max sich das Tattoo stechen lassen, weil dessen Vater es nach Kriegsende an seinem Arm trug. Kurze Zeit später verstarb er und erzählte seinem Sohn vorher, es würde etwas Wertvolles bedeuten. Max ließ sich dieses Tattoo auch stechen, weil er es bei seinem Vater sah und es mit Stolz und als Andenken an ihn und seinen Opa ebenfalls tragen wollte. Welche tatsächliche Bedeutung es hatte, war ihnen nicht bewusst. Vielleicht ahnte Max Soltau so etwas, als er im Familienkreis immer wieder meinte, es würde Reichtum auf die Familie zukommen«.

»Bei allem frage ich mich jedoch, was das mit unserem Mordfall zu tun hat«? fragte Robert.

»Manche Hinweise zur Klärung eines Falles, liegen zunächst im Verborgenen«, meinte Thekla. »Wie oft haben wir bereits im Dunkeln getappt und nur durch eine verborgene Kleinigkeit konnten wir einen Fall lösen«, meinte Sybille, die bis vor einigen Jahren selbst noch mit ihren Kollegen im Außendienst ermittelte, bevor sie durch einen „Arbeitsunfall" nicht mehr in der Lage war, aktiv tätig zu sein und in den Innendienst wechselte.

»Vollkommen richtig«, bestätigte Thekla die Aussage der Kollegin. »Komm«, sie stupste Robert am linken Arm, »wir schauen uns die Sache mal vor Ort an«.

Beide zogen sich ihre Jacken wieder an und fuhren mit Theklas Twingo zur Bergstraße am Michaelsberg. Direkt neben dem Zugang zum Marktplatz parkte Thekla den Wagen. Sie gingen über den Marktplatz und blieben ungefähr mittig stehen.

»Hier muss die markierte Stelle sein«, stellte Thekla fest, die auf ihr Smartphone schaute. Sie hatte eine App gewählt, auf der man Koordinaten des aktuellen Standortes ablesen konnte. Direkt neben diesem Standort befand sich die Außengastronomie des „Café Fassbender".

»Sollen wir uns nicht schnell einen Kaffee gönnen«? schlug Robert vor. »Der Morgen ist so schön und im Sitzen lässt es sich besser überlegen«.

Thekla schaute Robert lächelnd von der Seite an. »Warum eigentlich nicht«? willigte Thekla ein. Sie setzten sich auf die weißen Stühle unter den bereits aufgespannten Sonnenschirmen.

»Also«, meinte Robert, nachdem ihnen die freundliche Bedienung den Kaffee gebracht hatte, »ich sehe in der unmittelbaren Nähe der Koordinaten lediglich einen Gullideckel. Meinst Du da ist was in der Kanalisation«?

»Wir wissen nicht, was da vor achtzig Jahren war«, meinte Thekla, wobei sie den Daumen ihrer rechten Hand unter ihr Kinn und den Zeigefinger an ihre Nasenspitze legte. Das machte sie immer, wenn sie begann über etwas zu grübeln oder nachzudenken.

»Ich liebe diese Geste überhaupt nicht an Dir«, meinte Robert.

Thekla runzelte die Stirn und schaute Robert fragend an.

»Wenn Du so dasitzt, kommt anschließend wieder irgendetwas, was ich zu Hause noch erledigen soll, - oder aber Du hast irgendeinen anderen Geistesblitz«.

Genauso war es auch jetzt. Ihr war etwas eingefallen, was sich in ihrem Gesichtsausdruck abzeichnete. Ihr Jagdinstinkt schaltete sich ein.

Vor einigen Monaten waren sie zu Besuch bei Theklas Vater, der seit seiner Pensionierung mit seiner Frau Franziska, in Bornheim-Roisdorf wohnte. Peter Sommer war jahrelang als Leiter der Mordkommission in Bonn tätig, obwohl er in Siegburg lebte und auch dort geboren wurde. Er kannte Siegburg sehr gut, gerade auch die Umgebung des Michaelsbergs und Ecken, an denen sich gerne „dunkle Gestalten" aufhielten. Thekla erinnerte sich daran, dass ihr Vater bei dem letzten Besuch über eine Sache sprach, die ihm selber nicht bekannt war, über die er jedoch gelesen hatte. Er meinte, im Siegburger Lokalteil einer sehr bekannten Zeitung, es müsse etwa im März zweitausendzwölf gewesen sein, folgendes gelesen zu haben.

Oberhalb des Spielplatzes an der Bergstraße, dort wo Thekla ihren Wagen abgestellt hatte, befindet sich ein Eingang zu Tunnelanlagen, die Ende neunzehnhundertvierundvierzig angelegt wurden, um die Siegburger Bevölkerung vor den Bombardierungen der angreifenden Luftstreitkräfte zu schützen. Sehr viele Menschen hatten damals ihr Zuhause verloren und suchten nun Schutz in diesen Tunneln. Diese Stollen waren etwa sechzig Meter tief in den Berg hinein gegraben worden. Ungefähr einhundert Meter davon entfernt, etwa am Weg vorbei am Heiligenhäuschen an der Mühlenstraße, seien ebenfalls Eingänge zu weiteren Tunneln. Es muss aber weiterhin auch einen, bereits im Mittelalter entstandenen Geheimgang, beginnend in der „Abtei Michaelsberg", durch den Michaelsberg bis hinunter zum heutigen Finanzamt,- also tief unter dem Finanzamt, geben. Der Eingang zu diesem Tunnel soll sich eventuell, so glaubt man, hinter einer Grabplatte der Krypta, der Kapelle der Benediktinerabtei befinden.

61

Thekla überlegte weiter und berichtete, ihr Vater erzählte, dass er gehört hatte, was jedoch nicht belegbar Bestätigung finden würde, dass es einige hundert Meter unter Siegburg, mehrere Tunnel geben würde. Einer davon würde in Richtung Köln unter dem Rein hindurch, bis zum Kölner Dom führen. Ein weiterer würde, möglicherweise als Anschluss an den „Kölner Tunnel", in Richtung Bonn-Bad Godesberg führen und zu dem dort gefundenen Tunnel, einer in Richtung Eifel. Von dort wiederum in den ehemaligen „Regierungsbunker", der Anschluss an die verzweigten Tunnel entlang der Ahr, bis nach Monschau, haben soll.

Robert hatte mit offenem Mund, Theklas Erzählung zugehört. Sein Kaffee war kalt geworden und als er an der Tasse trank, verzog er sein Gesicht.

»Das habe ich nicht gewusst«, meinte er, - »dann gibt es hier unten«, - er zeigte mit dem Zeigefinger seiner rechten Hand auf den Boden unter ihnen, - »eine Welt unterhalb von Siegburg? Sozusagen eine Siegburger Unterwelt«?

Thekla nickte. »Und die wird jetzt wahrscheinlich zum Ziel unserer Ermittlungen werden«, stimmte sie Robert zu.

»Wir sollen da runter«? Robert riss die Augen auf und verschluckte sich an dem nun doch getrunkenen kalten Kaffee.

»Wenn unsere Ermittlungen dies erfordern«, meinte Thekla, »wir haben schließlich einen Mord aufzuklären«.

*

»Guten Morgen Herr Lehmkühler, - ich bin es nochmal. Ich hätte da noch ein paar Fragen an Sie«, meinte Lisa Drollig freundlich, als ihr die Haustüre geöffnet wurde.

Herr Lehmkühler stand in einem leichten Jogginganzug und mit Hausschuhen bekleidet in der halb geöffneten Haustüre.

»Wer sind Sie denn«? fragte Herr Lehmkühler, der gerade vom Frühstückstisch aufgestanden war, wo er seinem morgendlichen Ritual folgte, die Tageszeitung in Ruhe bei dem letzten Kaffee des Vormittags zu genießen. Der dreiundsiebzig jährige Mann brauchte morgens in letzter Zeit etwas länger, bis er im Rhythmus war und folgerichtig reagieren oder Zusammenhänge richtig einordnen konnte.

Lisa holte ihren Dienstausweis aus der Tasche und zeigte ihn Herrn Lehmkühler.

»Na, - ich war doch gestern schon mal hier. Lisa Drollig ist mein Name, von der Kripo hier in Siegburg. Erinnern Sie sich nicht«?

Er schaute auf den Ausweis. Dann schien er zu grübeln, meinte aber nach kurzer Zeit: »Ach ja, Sie hatten Interesse an den Holzpfählen. Tut mir leid, aber da habe ich keinen mehr übrig. Die habe ich gestern alle gebraucht«.

Lisa schmunzelte. »Nein, - ich wollte keinen der Pfähle bekommen, sondern lediglich eine Auskunft. Erinnern Sie sich nicht mehr«?

»Nicht mehr so richtig. Wie kann ich Ihnen denn heute helfen«? fragte Herr Lehmkühler, der zurück zu seiner Zeitung wollte.

»Die Pfähle, die Sie von der Baustelle am Siegdamm geholt haben, hätte ich gerne einmal gesehen. Ist das möglich«?

»Aber die habe ich doch nicht geklaut«, meinte der immer noch verdutzt wirkende Mann, »ich habe doch die Männer gefragt«.

Lisa legte dem Mann beruhigend ihre linke Hand an seinen rechten Arm. »Herr Lehmkühler, - darum geht es doch auch gar nicht. Ich möchte mir die Pfähle doch lediglich einmal ansehen«, meinte sie.

Herr Lehmkühler öffnete die Haustüre nun zur Gänze und trat zur Seite. »Kommen Sie rein«, meinte er, - »wir gehen durchs Wohnzimmer in den Garten«.

»Sehr freundlich«, antwortete Lisa und folgte Herrn Lehmkühler, nachdem sie in den Flur gegangen war als der Mann die Haustüre wieder geschlossen hatte.

Sie gingen durch den Flur, vorbei an der geöffneten Küchentüre, in der es recht aufgeräumt aussah, in das am Ende des Flures befindliche Wohnzimmer. Dort öffnete Herr Lehmkühler die Schiebetüre der Fensteranlage, trat auf die Terrasse und zog die Hausschuhe aus und die Gartenschuhe an. Dann ging er vor Lisa her, über den gepflegten Rasen bis zum Ende des Grundstückes.

»Hier sind die Pfähle«, meinte er und zeigte auf den reparierten Zaun, den wahrscheinlich Jugendliche aus Zerstörungswut, oder aus jugendlichem Leichtsinn, niedergetrampelt hatten.

»Aber, - die sind ja alle angestrichen«, sagte Lisa erstaunt.

»Ja natürlich junge Frau«, meinte Herr Lehmkühler, »das macht man so. Wenn die Pfähle gesetzt sind streicht man sie, um sie gegen Witterungseinflüsse zu schützen. Ich habe hier zusätzlich noch als zweiten Anstrich einen beigen Ton überlackiert. Sieht doch viel besser aus«, fügte der Mann stolz hinzu.

»Stimmt, sieht viel besser aus«, meinte Lisa, die nun etwas deprimiert war. Sie hatte gehofft, an den Pfählen eventuell noch irgendwelche Spuren erkennen zu können, sollten diese für die Tat am Vortag in Frage gekommen sein. Nun jedoch dachte sie, hätte auch eine Spurensicherung im Präsidium keine Chance mehr, irgendetwas kenntlich zu machen.

*

David fuhr mit Jana auf seinem Vespa Roller die Zeithstraße hinauf nach Siegburg-Stallberg. Er hatte seiner Mutter versprochen, sich hin und wieder um die neue Katze zu kümmern, die Robert und sie auf einem Bauernhof, während ihres Wochenendaufenthaltes in der Eifel, „adoptiert" hatten. Auf dem Hof hatte eine Katze, zum Leidwesen des Bauern, sechs Kitten bekommen, die nun „entsorgt", wie der Bauer sagte, werden sollten. Thekla brachte es nicht übers Herz, die Tiere deren Schicksal zu überlassen. So ergab sich, dass Robert schwach wurde und zustimmte, dass sie ein Katzenbaby, das bereits sechs Wochen alt war, mit nach Hause nahmen. Die Katze, sie erinnerte an eine „norwegische Waldkatze" mit langem Fell, eine Maine Coon, war vierfarbig gefleckt. Weiß, schwarz, beige und rostrot. Warum sie den Namen „Josi" bekam konnte Thekla nicht erklären. Dieser Name war ihr einfach beim ersten Anblick in die hellblauen Augen des Katzenbabys eingefallen. Josi musste sich nun erst einmal an ihr neues Zuhause gewöhnen. Wie es heißt, sollen Katzen die ersten acht bis zehn Tage ihr neues Zuhause nicht verlassen, um sich nicht zu verlaufen, wenn sie später „auf Jagd" gingen. Robert hatte einmal gehört, Katzen würden sich an den Sternen orientieren und so den Standort ihres Zuhauses merken. Deshalb wäre es wichtig, sie zunächst quasi in „Hausarrest" zu stecken. Aus diesem Grund waren also Jana und David auf dem Weg zur Straße „Am Stallberg". Dort angekommen, hörten sie bereits ein klägliches Miauen, als sie die Haustüre aufgeschlossen hatten und in den Flur des gemieteten Einfamilienhauses traten. Josi war nicht schnell genug und hatte es offensichtlich verpasst, auf das in der Diele stehende Katzenklo zu gelangen. Neben dem Katzenklo war eine kleine Pfütze zu sehen.

»Ach, - schau mal hier«, meinte Jana, die sich hinunterbeugte und auf die feuchte Stelle deutete.

67

»Das große Geschäft hat sie jedenfalls im Katzenstreu erledigt«, meinte David, der auf einen Klumpen zeigte, der säuberlich mit Streu überdeckt in der eckigen Plastikschale verdeckt lag.

Jana säuberte den Fleck mit Küchenrolle und anschließend mit einem feuchten Lappen, während David eine kleine Dose Katzenfutter in ein Schälchen füllte und neben die Schale mit Trinkwasser stellte. Während der ganzen Zeit hatte sich Josi nicht blicken lassen, - doch jetzt, wo es nach Nassfutter roch, kam sie mauzend unter dem Wohnzimmerschrank hervor.

*

Lisa fuhr mit einem etwa fünfzig Zentimeter langen Bruchstück eines Pfostens im Kofferraum, den sie an der Baustelle gefunden hatte, an der sie bereits gestern war, in die Richtung des Präsidiums. Sie hatte sich überlegt, ein Vergleichsstück dieser Pfostenart ins Institut für Pathologie der Uniklinik Bonn bringen zu lassen. In dieser Gerichtsmedizin wurde jeder Leichnam, der einem Gewaltverbrechen zum Opfer gefallen war, aufs Genaueste untersucht. Dort wurden auch Todesursache und mögliche Tatwerkzeuge auf eventuelle Zusammenhänge hin abgeglichen. Lisa dachte, dass die Wunde am Kopf des Toten möglicherweise zu den Maßen des Holzpfostens passen würde. Als Lisa auf der Baustelle

am Siegdamm eingetroffen war, waren dort bereits die
ersten Bagger damit beschäftigt, die Baugrube
auszuheben. Auf Lisas Nachfrage, ob noch ein Rest der
verbauten Pfosten irgendwo aufzufinden sei, wurde ihr
vom Vorarbeiter gesagt, dass die übriggebliebenen
Pfosten an einen Mann abgegeben worden seien. Dies
hatte der Mann Lisa bereits am Vortag gesagt. Der
Vorarbeiter hatte vom Bagger aus jedoch einen besseren
Überblick über die Baustelle, als Lisa die neben dem
Bagger stand.

»Da hinten, am Ende des eingefassten Bereiches sehe
ich noch einige Bruchstücke liegen«, meinte er, »die
können Sie gerne haben, - wenn die Ihnen reichen? Soll
ich sie Ihnen holen? Wofür brauchen Sie die denn« fragte
der freundliche Baggerfahrer.

»Nein, - lassen Sie ruhig. Ich kann mir die auch schnell
selber holen. Wir brauchen ein Exemplar als
Vergleichsstück im Rahmen einer
Verbrechensaufklärung«, erläuterte ihm Lisa und stakste
am Rande der abgesteckten Baustelle entlang zu den
Bruchstücken der Pfosten.

*

Am späten Nachmittag, kurz bevor die
Abteilungsbesprechung der Dienstgruppe II beginnen

sollte, trafen Thekla, Robert, Lisa und Sybille im Flur auf den Polizeipsychologen Felix Bähr, der ihnen kopfschüttelnd, aber wie immer lächelnd begegnete.

»Was ist los Felix«? fragte Thekla, »Dein Kopfschütteln passt so gar nicht zu Deinem Lächeln, Versuchst Du irgendetwas zu verbergen«?

Felix war verblüfft. »Dass Du das erkannt hast und sofort folgerichtig schlussfolgerst finde ich toll«, lobte er Theklas Beobachtungsgabe. »Ich finde es schon abartig knauserig«, meinte er weiter, - »dass in den Verwaltungen immer mehr, sogar an den kleinsten Kleinigkeiten gespart werden muss. Es werden Gelder für alles Mögliche ausgegeben, aber am Toilettenpapier muss gespart werden. Ich habe auch schon mit anderen Dienststellen gesprochen, - überall das Gleiche. Findet ihr nicht auch, dass wir in den letzten Monaten immer so raues, billig wirkendes, Toilettenpapier haben? Da scheuert man sich ja sonst was auf«.

Thekla lachte, als sie antwortete.

»Wir haben das auch schon bemerkt. Allerdings haben wir abteilungsintern beschlossen, hier auf dem Flur der Dienstgruppe II, unser eigenes Toilettenpapier mitzubringen. Jede Woche oder bei Bedarf, bringt jemand ein Packet weiches, vierlagiges Toilettenpapier mit«.

»Gute Idee«, meinte Felix Bähr lächelnd, »dann komm ich jetzt immer zu Euch, um aufs Klo zu gehen. Welches Klopapier bevorzugt Ihr? Ich bring das nächste Papier mit«.

»Das Gute aus der Drogerie hier um die Ecke«, sagte Sybille.

Die Vier betraten den Besprechungsraum, als Felix weiterging und die Toilettentür öffnete.

»Also«, begann Thekla die „Austauschrunde", als alle an dem ovalen Tisch Platz genommen hatten, »es gibt einiges Neues zu berichten. Aber zunächst zu Dir«, Thekla schaute in Lisas Richtung. »Was haben Deine Recherchen bei Herrn Lehmkühler ergeben«?

Lisa berichtete darüber, dass Herr Lehmkühler die Pfähle, die er von der Baustelle am Siegdamm bekommen hatte, bereits verbaut und farblich behandelt hatte, weil er meinte, die alten Zaunpfähle hätten dreißig Jahre gehalten, waren aber inzwischen so verrottet gewesen, dass die Jugendlichen leichtestes Spiel hatten, diese umzustoßen. Er war froh nun neue Pfähle zu haben und wollte diese für die nächsten dreißig Jahre „konservieren". Weiterhin berichtete Lisa, dass sie an der Baustelle war und ein Bruchstück eines der vergleichbaren Pfosten sichergestellt hatte und bereits per Kurier in die Gerichtsmedizin schicken ließ.

»Zum Abgleich mit dem Verletzungsmuster des Toten«, führte sie aus.

»Das war eine sehr gute Überlegung«, meinte Sybille, die selber viele Jahre „draußen" gearbeitet hatte. »Sehr gute Arbeit«, lobte sie.

Thekla stimmte dem zu.

»Bevor ich dann hierherkam, bin ich nochmal zu Fabienne Soltau gefahren, die mir auf mein Klingeln hin geöffnet hatte. Sie erzählte mir, dass ihr Vater, ihres Wissens nach, die letzten Monate kaum noch nach Hause gekommen war. Ihre Mutter hatte sich ihr anvertraut, der Vater würde sich bei seinen Kumpels auf der Straße wohler fühlen, als bei seiner nörgelnden Frau. Außerdem wolle er endlich intensiv nach dem Reichtum suchen, was der Familie angeblich zustehen würde, über den sein Vater schon mehrmals erzählt hatte. Was es genau damit auf sich hatte, konnte sie nicht sagen. Vielleicht hatte der Zettel damit zu tun, den die Schläger bei dem Überfall auf sie, platziert hatten«.

»Genau in diese Richtung denken wir auch«, bekräftigte Thekla die Meinung von Lisa. Thekla erzählte

von den Erkenntnissen die sie, dank der
frühmorgendlichen Recherche von Sybille, erlangt hatte.
»Wir werden morgen früh auf der entsprechenden Stelle
im Kreishaus herausfinden, was unter dem Marktplatz an
der markierten Stelle der Koordinaten, die der Tote
eintätowiert hatte, zu finden ist. Weiterhin wollen wir
nach Lagekarten in den Archiven suchen, inwieweit
Siegburg wirklich „untertunnelt" ist und ob einer dieser
Tunnel auch die markierte Stelle streift. Vielleicht haben
wir Glück und sind so auf der richtigen Fährte zu dem
Mörder von Max Soltau».

»Ihr wollt wirklich da runter?«, fragte Lisa.

»Ja«, meinte Robert, dem selber ein wenig mulmig bei
dem Gedanken war, »wenn nötig erkundigen wir die
„Siegburger Unterwelt"«.

Lisa meldete sich noch einmal mit einem Einwand.
»Vielleicht ist an der Aussage von Fabienne etwas dran,
dass sich ihr Vater in letzter Zeit mit seinen obdachlosen
Kumpels wohler fühlte, als bei seiner Ehefrau? Vielleicht
hat er mit denen gesprochen und sich über seine
Gedanken hinsichtlich eines vermuteten Reichtums
ausgetauscht? Vielleicht ist der vermeintliche Täter im
Bereich der Obdachlosen zu suchen, sollten wir nicht
auch in diese Richtung ermitteln«?

»Natürlich«, meinte Thekla, »Du hast völlig recht. Der Mord ist nun bereits zwei Tage her und wir haben noch keinen handfesten Ansatzpunkt«. »Robert«, Thekla schaute zu Robert und erwischte ihn dabei, wie er auf seinem Smartphone in einer Spieleapp rumzockte, was sie sofort beendete, indem sie das Smartphone an sich nahm und ausschaltete, »Du wirst morgen die uns bekannten Punkte aufsuchen, an denen sich Obdachlose gerne aufhalten. Befrage bitte die Leute, aber bitte nicht mit zu viel Druck, es soll nicht nach Verhör klingen, sondern eher auf die lässige Art, ob sie den Toten kannten und was er so über sich und seine Lebensart preisgegeben hatte«.

»Wieso ich«, empörte sich Robert, »das war doch Lisas Idee«.

»Lisa ist eine gut gekleidete Frau. Ihr werden sich manche Männer nicht so gerne anvertrauen wie Dir, wo Du doch nicht so viel Wert auf Dein Äußeres legst«, meinte Thekla schmunzelnd.

Robert dachte sofort an seine alte zerbeulte Lieblingsjogginghose, die er am liebsten zuhause trug. Er schaute auf den Tisch vor ihm und das Handy, das Thekla immer noch in Händen hielt. Nickend stimmte er Theklas Vorschlag zu.

*

Josi strich um Roberts Beine herum, als wolle sie zeigen, wie sehr sie ihn liebte, so jedenfalls dachte Robert. Doch in Wirklichkeit war Josi scharf auf ein wenig Lachs, den Robert zum Frühstück auf frischem Brötchen genoss.

»Wo hast Du den Lachs her«? fragte Robert genüsslich, »der schmeckt wunderbar«.

»Den habe ich gestern auf dem Heimweg noch schnell bei „Nordsee" gekauft, während Du am Markt nochmal die Koordinaten des Tattoos überprüft und die in Frage kommenden Kanaldeckel zur Kanalisation gesucht hattest«, meinte Thekla.

Als Robert nach dem Frühstück seine morgendliche Zigarette auf der Terrasse rauchte und Josi sich liebevoll auf seinem Schoß räkelte, rief Thekla aus der Küche:

»Wir müssen heute noch frisches Brot kaufen. Wir haben nicht mehr viel. Ich weiß nicht, ob es noch fürs Abendbrot reicht«?

»Aber Du hattest doch gestern Abend ein frisches auf der Arbeitsplatte neben dem Brotkorb liegen«, rief Robert verwundert zurück.

»Davon ist nun aber nicht mehr viel übrig«, meinte Thekla, die nun neben Robert stand, der lächelnd über Josis weiches Fell streichelte.

»Das verstehe ich nicht, wir haben doch Brötchen zum Frühstück gehabt«?

»Aber ich habe eben einige doppelte Butterbrote gemacht, - mit Käse, Aufschnitt, Leberwurst und zwei Scheiben Lachs die Du nicht mehr wolltest«.

»Du willst Butterbrote mit zur Arbeit nehmen? Das haben wir doch noch nie gemacht«, fragte Robert erstaunt und drückte seine Zigarette im Aschenbecher aus, der auf dem Tisch stand.

»Hast Du vergessen«? meinte Thekla grinsend, »Du recherchierst heute im Kreise von bedürftigen Obdachlosen. Ich dachte mir, die haben sicherlich Hunger und Durst. Über die Butterbrote kommst Du vielleicht schneller ins Gespräch und baust eine positive Stimmung auf«.

Robert stand schnaubend auf und schüttelte den Kopf, während Thekla schon wieder ins Haus gegangen war und rief: »Hol am besten noch ein paar „Coffee to go"«.

»Da nehme ich doch lieber vier Flaschen Warsteiner Pils mit, - das passt bestimmt besser«, säuselte Robert leise grinsend vor sich hin.

»Das habe ich gehört«, rief Thekla, »dann nimm besser acht Flaschen mit. Wenn Du mit den Männern trinkst wirkt das vielleicht vertrauenserweckender«.

Robert stand vor dem Kasten Bier, der im Flur stand und den er erst am Montag gekauft hatte. Er schaute hinunter zu den Flaschen und dachte: »Dann ist der ja fast schon wieder leer«. Dennoch steckte er acht Flaschen in den von Thekla bereit gestellten Korb, in dem sich bereits die Butterbrote befanden.

*

Lisa saß mit Sybille in deren Büro. Sie tranken einen Kaffee, den Sybille gerade gekocht hatte und Lisa erzählte, dass sie sich gestern im Internet ein bezauberndes Negligé bestellt hatte. Als Thekla ins Büro kam, beendete Lisa sofort das Gespräch.

»Habt Ihr Geheimnisse«? fragte Thekla.

Lisa erzählte nun noch einmal von ihrem bestellten Negligé, worauf Thekla entzückt meinte:

»Daran hätte ich auch Spaß«.

Alle Drei kicherten. Dann sagte Sybille, sie hätte schon im Kreishaus beim Katasteramt angerufen und den Besuch von Thekla und Lisa angekündigt.

»Sehr gut«, meinte Thekla, sah Lisa an und fragte: »sollen wir«?

Lisa nickte, und so gingen die Beiden über die Frankfurter Straße zum Kreishaus, das etwa dreihundert Meter vom Polizeipräsidium entfernt war. Dort erfuhren sie, dass sich unter den angegebenen Geodaten, der Abwasserkanal und ein riesiges Auffangbecken für extreme Wetterereignisse befinden würde. Die in dem Gespräch erfragten Aufzeichnungen für Tunnelanlagen aus der Kriegszeit oder sogar Jahrhunderte alte Stollen, wurden zwar von der Dame im Amt bestätigt, jedoch würde eine Einsichtnahme dieser Aufzeichnungen nur im historischen Stadtarchiv möglich sein.

»Hierüber sind leider keine digitalen Karten vorhanden«, meinte die Sachbearbeiterin.

»Okay«, meinte Thekla erhob sich von dem Stuhl, auf dem sie gesessen hatte, und reichte der Frau die Hand, »dann müssen wir weiter«.

Die Kommissarinnen verließen das Büro und fuhren mit dem Aufzug weitere vier Etagen nach oben. Hier war in dem entsprechenden Büro ein Mitarbeiter, der kurz vor seiner Rente stand. Freundlich meinte dieser, als er die Fragen von Thekla gestellt bekam:

»Ja, da gibt es Aufzeichnungen über die Tunnelanlagen, aber es ist schon komisch, dass sich Jahrzehntelang niemand dafür interessierte und nun in kurzer Zeit bereits zum zweiten Mal dazu angefragt wurde«, meinte er verwundert.

»Zum zweiten Mal«? fragte Lisa erstaunt, »wer war es denn beim ersten Mal«?

Der Mann dachte eine Weile nach, dann meinte er: »Es waren zwei Männer hier, beide so zwischen vierzig und fünfzig Jahre. Der eine hatte ein Tattoo am rechten Arm und der ältere hatte eine Halbglatze«, der Mann lächelte und zeigte auf seinen Kopf, »so wie ich etwa«.

»Was war das denn für ein Tattoo«? fragte Lisa sofort nach. Sie dachte an das Tattoo von Herrn Soltau.

»Das war so eine nackte Frau, ähnlich einer Nixe oder so ähnlich«, bekam sie zur Antwort.

»Was hatten denn die Männer genau gewollt? Erinnern Sie sich, wonach die Männer genau gesucht hatten«? wollte Thekla wissen.

»Die haben genau nach derselben Stelle gefragt, nach der Sie gerade gefragt haben«, er zeigte auf den Zettel mit den Geodaten, den Thekla auf den Schreibtisch des Mannes gelegt hatte.

»Was haben Sie denen denn gesagt«? wollte Thekla weiterwissen.

»Nun ja, ich habe ihnen gesagt, dass Ende der sechziger Jahre unter dem Marktplatz, ein neu angelegtes Regenrückhaltebecken, ein sogenannter „Notabfluss" in einer darunter liegenden, quer zum Abwasserkanal verlaufenden Tunnelanlage, gebaut wurde«.

»Notabfluss«, meinte Lisa verwirrt, - »wieso ein „Notabfluss" aus einem Rückhaltebecken, was ja schon für einen Notfall gebaut wurde«?

»Zur Zeit der Planungen und des Baus ist man davon ausgegangen, dass es rein theoretisch passieren könnte, dass einmal eine solche Regenmenge kommen könnte, dass die Sieg und somit auch der Mühlengraben so weit über die Ufer treten könnte, dass Siegburg überschwemmt würde« führte der Mann aus.

»Wie vor einigen Jahren im Ahrtal«? fragte Lisa.

Der Mann nickte, und fuhr fort: »Aus diesem Grund war in dem Regenrückhaltebecken eine große stählerne Platte eingelassen worden. Diese Platte kann bei Bedarf aus dem Bürgermeisteramt elektrisch geöffnet werden«.

...»und gibt den Einstieg in den darunterliegenden Tunnel frei?«, fragte Lisa.

Der Mann nickte.

»Und dieser Tunnel befindet sich weit unter der Markierung«? Thekla zeigte auf den Zettel mit den Geodaten.

Wiederrum nickte der Mann.

Lisa und Thekla sahen sich beide an und nickten. »Vielen Dank«, meinte Thekla und reichte ihm ihre rechte Hand. »Sie haben uns sehr geholfen«.

Sie verabschiedeten sich von dem älteren Sachbearbeiter und verließen das Kreishaus.

Auf dem Weg zurück ins Präsidium fragte Lisa, »Was gibt es denn dort so Wichtiges, dass Max Soltau sich die Markierung sogar auf seinen Arm tätowieren ließ und wonach jetzt auch zwei andere Männer nach Informationen aus dem Archiv fragten?«

Thekla zuckte mit den Schultern. »Das werden wir herausfinden«, meinte sie.

*

Robert kannte einige Stellen, an denen sich Obdachlose öfter aufhielten und sich einen einigermaßen sicheren Ort zum Übernachten suchten. Einer davon war am Michaelsberg. Er hatte Thekla manchmal bei ihrer morgendlichen Joggingrunde auf dem Rundweg in halber Höhe begleitet. Dabei war ihnen eine Stelle aufgefallen, die sich in einer Nische der alten Befestigungsmauer hinter einem Gebüsch befand. Dort war aus alten Brettern ein kleines Dach über alten, auf dem Boden liegenden Matratzen, gezimmert. Robert ging an dem „Rundweg", vorbei und an der „Schlittenwiese", auf der Thekla, aber auch schon Theklas Vater in seiner Jugend, auf hölzernen Schlitten viel Spaß im Schnee hatte. Er kam zu der Stelle mit der Matratze und sah erfreut, dass sich dort zwei Männer aufhielten. Er gesellte sich zu ihnen, stellte sich zwar als Polizist vor, meinte aber gleichzeitig, er wolle sie auf keinen Fall maßregeln. Er griff in den mitgeführten Korb, entnahm zwei eingepackte Butterbrote und gab sie den Männern. Als diese dankend in die Brote bissen, nahm auch Robert sich ein Brot. Er hatte sich extra die Stulle mit dem Lachs „reserviert".

»Ich habe leider keinen Kaffee dabei«, meinte er entschuldigend, - »aber vielleicht mögt Ihr auch das hier«? Er griff wieder in den Korb und holte zwei Flaschen seines geliebten Warsteiner Pils heraus.

»Ich trinke nicht«, meinte der ältere der beiden Männer. Der andere griff nach der Flasche und meinte: »Hast Du kein Kölsch dabei«?

Robert wollte die Flaschen wieder in den Korb stellen, als der Mann blitzschnell und mit beiden Händen die beiden Flaschen entgegennahm und neben sich abstellte. Nachdem sich Robert ebenfalls eine Flasche geöffnet hatte und den ersten Schluck genommen hatte, fragte er: »Kennt Ihr zufällig diesen Mann«? Er zeigte ein Bild des Toten.

»Das ist doch Max«, meinte der eine Mann fast belustigt, »was ist denn mit dem? Was will denn die Polizei von ihm«?

»Könnt Ihr mir etwas über den Max erzählen? Seine Angewohnheiten? Seine Bekanntschaften hier in dem Umfeld«?

Robert merkte, dass er die falsche Wortwahl
genommen hatte, da die Männer sich fragend anblickten.

»Ich meine natürlich, Bekanntschaften unter den
„nichtsesshaften" Mitbürgern. Hatte er hier Freunde«?

»Klar, man kennt sich untereinander«, meinte der
jüngere Mann, als er einen weiteren Schluck Bier trank,
»aber der Max, - mit dem will keiner richtig was zu tun
haben«. Der Mann streckte seinen Hals in Richtung des
Korbes, in den er fragend hineinschaute. Robert gab eine
weitere Stulle hinaus. Auch der andere Mann bekam noch
ein eingepacktes Butterbrot.

»Wieso«? fragte Robert, »ich denke es gibt einen
besonderen Zusammenhalt unter Euch«.

»Warum willst Du das überhaupt alles wissen«? fragte
nun der ältere der beiden Männer.

»Herr Soltau ist erschlagen unter der Siegbrücke
aufgefunden worden«, gab Robert nun den Grund seiner
Befragung Preis.

»Na ja«, meinte der Jüngere nun, »der Max hatte eine
Vorliebe dafür, sein „Ding"«, er zeigte mit seiner Hand in
Richtung seiner Genitalien, - »Frauen und Mädchen
öffentlich zu präsentieren. Weißt Du, auch wir haben alle

unsere Ehre und Sinn für Benimmregeln, - aber das was der da machte, ging doch gar nicht«.

»Aber dass der jetzt tot ist, ist schon scheiße«, meinte der Ältere nun kopfschüttelnd.

»Habt Ihr vielleicht eine Vermutung, wer eventuell dahinterstecken könnte«? fragte Robert.

Beide schüttelten den Kopf, wobei der Jüngere die zweite Flasche Bier öffnete. »Von uns jedenfalls bestimmt keiner«, meinte er. Im Nachsatz erwähnte er noch, - »und damit meine ich all diejenigen, die in der gleichen Lage sind, wie wir Beide«.

Robert übergab die restlichen Brote. Auch ließ er noch zwei Flaschen Bier da. »Für später«, meinte er und stand auf. Seines Erachtens hatte es keinen Zweck, weiter Obdachlose aufzusuchen. Er hatte genug gehört, um sich ein Bild darüber zu machen, dass Max Soltau keinen guten Ruf unter seinesgleichen hatte. War hier vielleicht jemand zu finden, mit dem der Tote wegen seines krankhaften Dranges, des Exhibitionismus, in Konflikt geraten war?

*

Drei Arbeiter des städtischen Betriebshofes hatten in ihren orangefarbenen Overalls, mit rot-weiß gestreiften Barrieren, den Bereich rund um den Gullideckel auf dem Marktplatz abgesperrt. Thekla hatte dies aus dem Polizeipräsidium heraus telefonisch veranlasst. Sie wollte nun endlich erkunden, ob es in der Siegburger Unterwelt, genau dort, wo die markierte Stelle der Geodaten hin verwies, ein Motiv für den Tod des Ermordeten zu finden gab. Neben den drei Bauarbeitern stand auch der Leiter der Abwasserabteilung in einem noblen Anzug mit Krawatte. Er wollte die Angelegenheit beaufsichtigen. Thekla und Lisa begrüßten die Männer, wobei Thekla den Leiter mit seinem Anzug musternd ansah. Wollte er so mit in die Kanalisation steigen und alles in Augenschein nehmen?

»Wonach suchen wir denn da genau?«, fragte einer der in Orange gekleideten Männer. Es schien sich um den Vorarbeiter der Gruppe zu handeln.

Thekla erklärte den Männern, worum es sich genau handelte. Man suchte nach einer Auffälligkeit in dem Tunnel, der sich unter dem Regenrückhaltebecken befände. »Genau an dieser Stelle«, sagte Thekla und zeigte auf den Punkt, den Sybille als Koordinatenkreuz auf dem Stadtplan markiert hatte.

Die städtischen Mitarbeiter schauten sich gegenseitig an, schmunzelten und schüttelten den Kopf. Dennoch öffneten sie den Einstieg zu dem Kanal. Sie hoben die runde Betonplatte mit dem mitgebrachten Werkzeug an und legten diesen zur Seite.

»Wer geht mit«? fragte der Vorarbeiter in Richtung der beiden Kommissarinnen.

Der Mann im Anzug sah Theklas Blick. Er schaute an sich herab und schüttelte den Kopf, wobei er auf seinen Anzug deutete. Auch Lisa kam nicht in Frage, da sie ein dünnes Sommerkleid trug, welches nach dem „Tunnelgang" sicherlich in die Reinigung müsste. Also meinte Thekla, nachdem sie tief durchgeatmet hatte:

»Ich gehe mit runter«!

Als alle die metallene Leiter, die als Einstieg in den Kanal fest installiert war, hinabgestiegen waren, wurden die großen Halogen Taschenlampen, die die Arbeiter dabeihatten, angeschaltet. Erst jetzt sah Thekla, welche Größe das hiesige Wasserrückhaltebecken unter dem Marktplatz hatte. Es wirkte gespenstig.

»Hier soll irgendwo ein Eingang zu einem weit unterhalb verlaufenen Stollen sein. Der Eingang müsste durch eine riesige Metallplatte abgegrenzt sein«, meinte Thekla.

Die Lichtkegel der Lampen zuckten durch den Raum über die Seitenwände und die Rinne des Abwasserkanals wegen der Bewegungen derer, die eine Lampe in der Hand hielten.

»Hier«, rief einer der Männer, »hier scheint etwas zu sein«. Er ging etwa sechs Meter von Thekla entfernt an die rechte Seitenwand des Rückhaltebeckens. »Das könnte ein Metalltor sein«, er pochte mit seiner Faust gegen eine mit Rost besetzte, etwa zwei mal zwei Meter große Metallplatte.

»Wie kriegen wir die denn jetzt auf«? fragte der Vorarbeiter Thekla.

Diese hatte vergessen, sich mit dem Bürgermeisteramt in Verbindung zu setzen. Da dort vorgesehen war, einen eventuellen Krisenstab einzusetzen, war auch dort die Möglichkeit eingerichtet worden, dieses Tor elektronisch zu öffnen. Thekla ärgerte sich über ihre unsorgfältige Planung der Angelegenheit. Sie zückte ihr Smartphone und wollte dies sofort veranlassen, doch einer der Männer, die mit im Kanal waren, meinte dies hätte keinen Zweck, da hier „kein Empfang" wäre. Alle gingen zurück zur Ausstiegsluke, kletterten die schon angerostete Leiter

nach oben und waren froh, als sie wieder an der frischen
Luft standen.

»Danke meine Herren, für Ihre Hilfe. Ich werde bei der
zuständigen Stelle die Öffnung des Tores beantragen. Dies
wird hoffentlich nicht lang dauern. Können Sie in der
Zwischenzeit im Café warten? natürlich auf meine
Kosten«.

Der Vorarbeiter schaute auf seine Armbanduhr. Dann
meinte er: »Das wird wohl heute nichts mehr. Wir haben
gleich fünfzehn Uhr, und um fünfzehnuhrdreißig haben
meine Leute Feierabend«.

Thekla konnte es nicht fassen. Sie war in Ermittlungen
zur Aufklärung eines Mordfalls, aber sie konnte den
Leuten keine Anweisung geben, länger zu arbeiten.
Schließlich war es ihr Versäumnis, sich nicht frühzeitig
um die Öffnung des Tores gekümmert zu haben. Sie
schaute fragend zu Lisa. Diese sagte zu dem Vorarbeiter:

»Das Bürgermeisteramt ist hier um die Ecke am
Nogenter Platz. Wenn wir uns sofort beim zuständigen
Amt melden und uns das OK zur Öffnung einholen,
können wir uns doch morgen früh wieder hier treffen.
Was halten Sie davon«?

Kopfnickend meinte dieser: »Sehr gerne«. Er reichte den Kommissarinnen die Hand, schaute zu seinen Kollegen und ordnete das Einräumen der Absperrgitter an. Lisa und Thekla gingen vom Marktplatz etwa achtzig Meter über die Selcukastraße zum Rathaus am Nogenter-Platz. Am Empfang erfuhren sie, nachdem die freundliche Dame dort mehrmals telefoniert hatte, dass die zuständige Sachbearbeiterin in dieser Woche krank war und die Vertretung zurzeit im Homeoffice arbeiten würde. Als Thekla nochmals meinte, sie seien von der Kriminalpolizei und bräuchten eine dringende Auskunft in der Angelegenheit eines Tötungsdeliktes, griff die Empfangsdame nochmals zum Telefon und rief den Ressortleiter an.

»Nehmen Sie bitte einen Augenblick in der Sitzecke Platz«, sie zeigte lächelnd zu einer Vierergruppe bestehend aus kleinen Ledersesseln in der Ecke des Foyers, »Herr Bromberg kommt sofort«.

Nach etwa zwei Minuten kam Herr Bromberg. Er hatte einen dunkelgrauen Nadelstreifenanzug an, der sicherlich nicht „von der Stange" gekauft war. Dazu trug er ein hellblau meliertes Oberhemd und eine farblich passende Krawatte. Alles passte sehr gut zu seinen grauen Haaren und einer Brille der Marke „Etnia Barcelona". Lächelnd und mit nach vorne gestreckter Hand, begrüßte er die Kripobeamtinnen. Seine Haltung war bei der Begrüßung recht wohlwollend, aber nicht demütig. Er beugte seinen Körper nicht nach vorne, als er freundlich sagte:

»Aber bitte meine Damen, behalten Sie doch Platz«.

Als er sich ebenfalls in einen der Ledersessel gesetzt hatte, fragte er:» Womit kann ich Ihnen behilflich sein«?

Thekla erklärte dem Mann ausgiebig, worum es ihnen ging. Um die Dringlichkeit zu unterstreichen, erzählte sie von dem Tattoo auf dem Arm des Toten, Max Soltau und der Aussage eines Mitarbeiters des Kreishauses, dass sich unter den angegebenen Koordinaten auch noch ein alter Tunnel befand, der wohl aus dem vorherigen Jahrhundert stamme. Wie sie erfahren hätten, sei bei dem Bau des Regenrückhaltebeckens ein Durchbruch zu diesem alten Tunnel entstanden. Dies, um für Katastrophenfälle ein dortiges Stahltor öffnen zu können. Die Kriminalpolizei gehe nun davon aus, dass sich in diesem Tunnel, an dem Ort der gefundenen Koordinaten, mögliche Hinweise ergeben könnten, die auf den oder die Täter deuten könnten.

Herr Bromberg lehnte sich zurück, schaute gegen die Decke des hohen Empfangsraumes und hielt den Zeigefinger seiner rechten Hand gegen seinen geschlossenen Mund. Es war die Haltung, als würde er über etwas nachdenken. Dann sagte er:

»Wie die Damen sehen, bin ich bereits in einem Alter, in dem der Zeitpunkt meiner Pensionierung nicht mehr so weit entfernt ist. Demzufolge bin ich schon länger hier im Amt und ich erinnere mich, dass bei den Aushubarbeiten zu dem Regenrückhaltebecken, genau der von Ihnen angesprochene Stollen, weit unter Siegburg entdeckt wurde. Damals wurde nach mehrwöchiger Beratung beschlossen, diesen Tunnel für den Fall zu nutzen, wie von Ihnen angesprochen. Es sollte einer Naturkatastrophe, wie vor einigen Jahren im Ahrtal, entgegengewirkt werden können. Bei den Brucharbeiten zur Einbringung eines Stahltores wurde, in einer unfachmännisch verschlossenen Nische, ein nicht unbedeutender Schatz gefunden«.

Thekla und Lisa schauten sich fassungslos an.

»Ein Schatz? fragte Lisa und Thekla fügte hinzu, - »das ist bestimmt der mögliche Hinweis, den wir suchen. Was ist das für ein Schatz und wo befindet sich dieser derzeit«?

»Genau«, meinte Herr Bromberg, »es handelte sich um einen Schatz aus purem Gold. Es waren sakrale Gegenstände, ein Kreuz, eine Monstranz, ein Trinkgefäß, eine Vierklang Altarglocke, aber auch viele Goldstücke, teilweise Barren und Goldmünzen. Wir dachten, es sei damals bei Kriegsende dort versteckt worden, damit diese

Schätze nicht in die Hände der amerikanischen Soldaten fallen, die Siegburg „befreit" hatten. Wir haben diesen Schatz damals, da er nahe dem Tunnel gefunden wurde, der hinauf zur Abtei führte, an die Benediktiner der Abtei übergeben. So glaube ich jedenfalls, um sicherzugehen müsste ich noch einmal im Archiv nachschauen lassen. Kann ich Ihnen diese Auskunft morgen telefonisch übermitteln«?

Thekla überlegte. Eigentlich hatte sich die Öffnung des Tores in dem unterirdischen Regenrückhaltebecken jetzt erledigt. Die Polizeibeamtinnen hatten jetzt die Information, dass dort tatsächlich ein Goldschatz versteckt worden war, der den anscheinend rechtmäßigen Besitzern wieder zugeführt wurde. Somit hatten sie die Bedeutung des Tattoos auch geklärt. Jede weitere Information über den gefundenen Schatz, wäre nun nicht mehr zielführend bei der Aufklärung des Mordes.

»Vielen Dank«, sagte Thekla zu Herrn Bromberg, »Sie haben uns die Informationen, nach denen wir gesucht haben gegeben. Wir danken Ihnen für Ihre Zeit und die Auskunft«.

Thekla und Lisa erhoben sich aus den Sesseln. Der Ressortleiter stand ebenfalls auf und reichte abschließend seine Hand.

»Sehr gerne«, meinte er freundlich, »Sie können gerne jederzeit wieder auf mich zukommen«.

Thekla und Lisa verließen das Rathaus und gingen zu ihrem Auto an der Bergstraße.

*

In der am Abend stattfindenden Besprechung im Präsidium wurden Robert und Sybille auf den neuesten Stand gebracht, was es mit den Koordinaten im Tattoo des Max Soltau auf sich hatte.

»Dann hat Max Soltau das Geheimnis des Versteckes eines Schatzes mit sich herumgetragen, ohne etwas davon gewusst zu haben« sagte Sybille kopfschüttelnd und fragte weiter: »Warum hatte er denn überhaupt dieses Tattoo«?

»Er hatte es sich stechen lassen, weil sein Vater das gleiche Tattoo hatte. Wie es aussieht, wusste auch der Vater nichts von der Bedeutung außer, dass es einen Hinweis auf irgendeinen großen Schatz geben würde. Der Vater hatte es sich stechen lassen, weil auch dessen Vater dieses Tattoo hatte. Wir nehmen jetzt an, dass der Großvater sich das hat stechen lassen, weil er selber möglicherweise die goldenen sakralen Gegenstände in den Kriegswirren an sich genommen hatte, um sie vor den mutmaßlichen „Feinden" in Sicherheit zu bringen. Als dieser dann bemerkte, dass die „Feinde" in Wirklichkeit die „Befreier" waren, wollte er das Gold nach einigen Jahren, wenn der Verlust in Vergessenheit geraten war, an sich nehmen und behalten. Um nicht zu vergessen, wo er die Gegenstände genau versteckt hatte, ließ er sich dieses Tattoo mit den Koordinaten stechen«.

»Ich verstehe«, meinte Robert, »und deshalb auch die Zahlenkombination in einem Kreuz eingebettet, um sich an den Bezug zu der Abtei zu erinnern«?

Thekla nickte.

»Wie aber steht dann der vergrabene Schatz zu unserem Mordfall«? fragte Sybille.

»Eine sehr gute Frage«, meinte Lisa, »die wir«, sie schaute zur gegenübersitzenden Thekla, »uns auch gestellt haben. Wir haben bei unseren Recherchen im Stadthaus von einem Mitarbeiter der entsprechenden Abteilung erfahren, dass vor einigen Tagen bereits zwei Männer dort waren, die sich ebenfalls nach genau diesen Koordinaten erkundigt hatten«.

»Kollegen von uns«? fragte Robert.

»Vermutlich nicht«, meinte Thekla, »sie hatten jedenfalls keinen Dienstausweis einer Behörde vorgelegt. Wir müssen also mit den neu erworbenen Kenntnissen ermitteln, wer diese Männer waren. Aus diesem Grund wirst Du«, sie schaute zu Lisa, »morgen noch einmal diesen netten älteren Herrn im Kreishaus aufsuchen und befragen. Vielleicht erinnert er sich ja an Einzelheiten des Gespräches oder kann die Männer sogar beschreiben«.

Lisa meinte kopfnickend: »Klar, mache ich«.

Sybille berichtete nun von ihren „Innendienst Recherchen". »Ich hatte mir Gedanken darüber gemacht, dass Herr Soltau, wie ich Euch gestern bereits mitgeteilt hatte, wegen zweimaliger Erregung öffentlichen Ärgernisses vor Gericht stand und jeweils „glimpfig" davongekommen war. Nun kam mir heute Vormittag, als Ihr gerade weg wart die Idee, zu den zuständigen Kollegen hier im Haus, zu gehen und nachzufragen, ob es einen neuen Vorfall dieser Art gäbe«.

Thekla, Robert und Lisa schauten Sybille neugierig an. Sie wussten, dass die erfahrene Kollegin Sybille Rauch bereits öfters eine zündende Idee hatte, die zur Aufklärung eines Falles geführt hatte.

»Die Kollegen sagten mir, dass tatsächlich vor vier Tagen zwei Anzeigen eingegangen seien, die sich auf

Erregung öffentlichen Ärgernisses bezogen. Die eine
Anzeige kam vom Gymnasium an der Alleestraße. Es
handelte sich um einen Exhibitionisten, der sich drei
Schülerinnen unsittlich gezeigt hatte. Die andere Anzeige
kam von einem Herrn Biber, dessen Tochter mit zwei
weiteren Schülerinnen genau diesen Vorfall schilderte«.

»Und die anderen Eltern der ebenfalls betroffenen
Mädchen«? fragte Lisa.

»Es lagen den Kollegen keine weiteren Anzeigen vor«,
meinte Sybille, - »jedoch passte die Beschreibung des
Mannes, der sich in so abscheulicher Weise gezeigt hatte,
genau zu unserem Toten, Max Soltau«.

»Da müssen wir unbedingt morgen in dem Gymnasium
nachhaken«, meinte Thekla. Weiter fragte sie, an Robert
gerichtet: »Was haben Deine Ermittlungen ergeben?
Grinsend fügte sie hinzu - »waren die Butterbrote von
Erfolg gekrönt«?

Robert richtete sich in dem Bürosessel auf und setzte
sich mit geradem Rücken hin. Er hatte den Ausführungen
der Anderen, zurückgelehnt zugehört.

»Ja«, meinte er lächelnd, »die Brote waren ein guter
Erfolg. Der Tote war unter der Gemeinschaft der
Obdachlosen, nicht so gut angesehen. Jemand, der sich

anderen unsittlich zeigt, hat auch unter diesen Menschen, die meist durch fatale Umstände in Not geraten sind, keinen großen Stellenwert. Ich möchte fast sagen, so jemand wird als Außenseiter betrachtet und keiner will einen Pädophilen oder Exhibitionisten als Bekannten haben«.

»Das heißt, auch in dieser Szene könnte ein möglicher Täter zu suchen sein«? fragte Thekla.

»Durchaus, das sehe ich auch so«, stimmte Robert zu.

Thekla überlegte eine Weile, bevor sie meinte:

»Gut, Lisa, Du kümmerst Dich morgen um die Sache im Kreishaus und versuchst eine Beschreibung der beiden Männer zu bekommen, die sich nach den Koordinaten auf dem Marktplatz erkundigt haben«.

Lisa nickte und Thekla schaute Robert an.

»Du gehst morgen bitte alle und ich meine alle Plätze an, an denen sich gehäuft die uns bekannten Obdachlosen aufhalten. Du befragst bitte jeden Einzelnen der Männer und Frauen, wobei Du darauf achtest, ob sich jemand auffällig aggressiv oder hasserfüllt äußert. Diejenigen bestellst Du bitte hier ins Präsidium zur genaueren Überprüfung«.

»Wieder mit Broten und Getränken?«, fragte Robert grinsend.

Thekla schaute lächelnd auf den Besprechungstisch vor ihr und schüttelte verneinend den Kopf.

»Ich werde Familie Biber aufsuchen, die die Anzeige wegen des Vorfalls mit ihrer Tochter gestellt hatte. Des Weiteren werde ich ins Gymnasium fahren, um mich nach den Namen der anderen Mädchen zu erkundigen«.

Alle nickten und wollten sich von ihren Plätzen erheben.

»Noch Fragen«? fragte Thekla, bevor auch sie sich erhob.

»Ach ja«, meinte Sybille, »ich habe noch was, - die Gerichtsmedizin hat angerufen. Das Stück vom Zaunpfahl ist aus der gleichen Zusammensetzung, wie die Holzsplitter, die in der Wunde am Kopf des Toten gefunden wurden. Die mikroskopische Untersuchung ergab, dass es sich um die gleiche Holzsorte und die gleiche Splitterfähigkeit handelte. Auch ist die Pfostenstärke identisch mit der Wunde am Kopf«.

»Danke für den Hinweis, das könnten noch nützliche Informationen sein«, meinte Thekla lobend, bevor alle den Besprechungsraum der Dienstgruppe II verließen.

*

Das Frühstücksbrötchen ist mir beim Reinbeißen fast aus der Hand gefallen. Was muss ich in der heutigen Ausgabe der Tageszeitung lesen? Da ist man bei Recherchen nach dem Mörder des Toten, Max S. auf das Versteck eines Goldschatzes unter dem Siegburger Marktplatz gestoßen, wobei der Schatz allerdings nicht mehr da gewesen sei? Ich frage mich, ob es sich dabei um das handelt, wonach ich schon so lange suche? Weiterhin steht in der Zeitung, dass man nun nach zwei Männern sucht, die mutmaßlich mit dem Mord in Zusammenhang gebracht wurden und man die Bevölkerung um Mithilfe bittet. – Verdammt nochmal, sind es vielleicht die Kerle, die ich mit meinem Wissen über einen Reichtum des Max Soltau eingeweiht habe? Hoffentlich bringen die meinen Namen nicht ins Spiel, sollten sie verhaftet werden. Meine Frau würde mir die ganze Angelegenheit nicht verzeihen. Vielleicht würden wir sogar unser Lebensmittelgeschäft verlieren und somit die Grundlage unserer Existenz.

*

Nachdem Thekla und ihr Lebensgefährte durch die Haustüre des kleinen Einfamilienhauses, das sie vor einigen Jahren in der Straße „Auf dem Stallberg" im Ortsteil Siegburg-Stallberg gemietet hatte, aufgeschlossen hatten, kam ihnen „Josi" mauzend entgegen. Josi lebte nun bereits seit zwei Monaten bei den Beiden. Sie hatte sich hervorragend an ihr neues Zuhause gewöhnt und hatte ihre neuen Besitzer schon voll im Griff. Immer wenn sie zu ihrem Napf lief, gab ihr entweder Thekla oder Robert etwas zu fressen. Da keiner den anderen informierte, hatte Josi schnell gelernt, die Situation auszunutzen und wartete stets, bis sie mit einem der Beiden alleine im Erdgeschoss war, wo der Futternapf stand.

»Josi hat schon ganz schön zugenommen«, meinte Robert, nachdem das Abendbrot verspeist und der Esstisch abgedeckt war. Robert hatte sich, nachdem er auf der Terrasse war, um eine Zigarette zu rauchen, auf das Sofa gesetzt, um das Neueste vom Tage in den Nachrichten zu schauen. Wie immer sprang Josi augenblicklich auf das Sofa und schmiegte sich an Roberts Bauch.

»Wir sollten ihr das Futter kürzen«, meinte Thekla.

Als ob sie es verstanden hätte, drehte Josi den Kopf zu Robert und fing an zu mauzen.

*

»So Leute, zunächst einmal guten Morgen«, begrüßte
Thekla die Kollegen am nächsten Morgen in ihrem Büro,
nachdem sie alle zu sich gebeten hatte, »wir müssen heute
endlich dem Ziel der Aufklärung näherkommen. Wir
haben nun drei weitere vielversprechende
Ermittlungsansätze. Gebt Euer Bestes«.

»Tuen wir das nicht immer«? fragte Lisa, die nach
einer langen Liebesnacht mit ihrer guten Freundin
Manuela kaum geschlafen hatte, was man ihr an ihrem
fahlen Gesichtsausdruck auch ansah.

»Doch, - ich wollte Euch und mich, nur noch einmal
sensibilisieren und motivieren«, meinte Thekla, was fast
wie eine Entschuldigung klang.

»Einer für alle, alle für einen«, gab Robert hinzu und
zeigte mit dem Gang zur Türe an, dass er Theklas
Bemerkung wie eine Floskel hinstellen würde.

Thekla erhob sich aus ihrem Schreibtischstuhl und
meinte, »Also los, auf geht's«! Sie hatte bemerkt, dass
sich Robert, wie ein Krieger vor sie stellen wollte, um ihr
den Rücken zu stärken. Sie lächelte und dachte:

»Was für ein Held. Manchmal ein wenig tollpatschig, aber ein Held«.

*

Lisa machte sich zu Fuß, wie am Abend vorher in der Besprechungsrunde aufgetragen, auf den Weg ins Kreishaus. Dort fragte sie nach dem Mann, der ihnen gestern bereits Auskünfte zu den gestellten Fragen gegeben hatte. Freundlich wurde Lisa von dem Herrn, diesmal gekleidet in einem hellen graugrün pastellfarbenen Anzug und dazu passendem Hemd, begrüßt und in sein Büro gebeten.

»Was kann ich heute für Sie tun? Haben Sie noch Fragen«? fragte er höflich, nachdem er Lisa mit ausgestrecktem Arm, einen Platz vor seinem Schreibtisch anbot.

»Ja genau, die habe ich. Es geht um die beiden Männer, die Sie erwähnt hatten. Haben Sie noch Erinnerungen daran, wie diese aussahen oder was sie anhatten«?

Lisa lächelte betont freundlich und legte den Kopf etwas zur Seite.

Der Mann lehnte seinen Kopf etwas in den Nacken und schaute nach rechts oben, so als wolle er in der Erinnerung kramen. Dann meinte er kopfschüttelnd:

»Nein, nicht wirklich, ich glaube der jüngere von Beiden trug eine Jeans und weiße Sneakers. Der andere kam mit einem sommerlichen Anzug. Genaueres kann ich aber nicht sagen«.

»Können Sie vielleicht einschätzen, wie alt die Beiden waren«? - »Sie würden uns sehr helfen«!

»Ich schätze den einen vielleicht auf Mitte vierzig und den anderen vielleicht vier bis fünf Jahre jünger«, meinte der Mann.

»Was hatten Sie den Männern genau gesagt, als sie nach den bestimmten Koordinaten fragten? - Vielleicht nach dem Grund warum sie danach fragten«?

Wieder schüttelte der Mann bedauernd den Kopf.

»Ich erinnere mich nur noch daran, dass sie sagten, sie seien schon längere Zeit unterwegs und würden gerne eine Kleinigkeit zu sich nehmen. Sie fragten, ob die Kantine hier im Hause gut sei. Als ich ihnen aber sagte, die Kantine sei nur für Beschäftigte des Kreishauses, wollten sie sich an entsprechender Stelle beschweren«.

Lisa merkte, dass der Mann wohl doch keine sachdienlichen Hinweise mehr geben konnte und verabschiedete sich freundlich.

»Bleiben Sie ruhig sitzen«, meinte sie als sie aufstand, -»und vielen Dank für Ihre Auskunft«.

Sie ging zurück zum Präsidium, um von dort Thekla anzurufen und nach weiteren Instruktionen zu fragen. Dort stand der Dienstwagen, mit dem sie eventuell zu weiteren Ermittlungen fahren konnte.

*

Robert hatte sich einen zivilen Dienstwagen der Fahrbereitschaft des Präsidiums ausgeliehen und wollte am Michaelsberg in der Bergstraße parken. Leider hatte er kein Glück und musste etwa zweihundert Meter zum Finanzamt zurückfahren. Auch dort waren alle öffentlichen Parkplätze belegt, außer die beiden dort verfügbaren Plätze für E-Fahrzeuge. Kurzentschlossen stellte er sich auf einen dieser Plätze.

»Wird schon gutgehen, ansonsten war ich, sollte ein Protokoll kommen, im Einsatz«, dachte er und schloss den Wagen ab.

Als er an der Stelle ankam, an der er gestern die beiden Obdachlosen angetroffen hatte, die seinen Butterbrotvorrat verspeist hatten, war keiner dort. Er machte kehrt, ging die Bergstraße wieder hinab bis zum Marktplatz und schlenderte an den Verkaufsständen vorbei. Auf einer öffentlichen Bank, sah er eine etwa vierzigjährige Frau, die dort mit einem Pullover und zusätzlich zotteligem und schmutzigen Mantel saß. Neben ihr stand ihr Fahrrad, an dem sie zwei gefüllte Plastiktaschen und einen eingerollten Schlafsack auf dem Gepäckträger mit sich führte. Robert ging zu der Frau, holte seine Zigarettenschachtel heraus und fragte, ob er sich dazusetzen dürfe.

»Wenn es sein muss«, meinte die Frau schnippisch, nachdem sie Robert gemustert hatte. »Haste auch eine für mich«? fragte sie weiter und zeigte auf die nun angezündete Zigarette in Roberts Mundwinkel.

»Klar«, meinte dieser und bot die Schachtel an, aus der er eine Zigarette etwa zwei Zentimeter herausgezogen hatte. Nachdem sie dankend den Rauch des brennenden Glimmstängels inhaliert hatte, meinte Robert:

»Übrigens, mein Name ist Robert Hanf von der Kripo hier in Siegburg«.

Die Frau rutschte erschrocken ein wenig auf der Bank zur Seite. »Ein Bulle«? fragte sie und fügte hinzu, »ich habe nichts gemacht. Außerdem ist das hier öffentliches Gelände, ich darf hier sitzen«.

Robert schmunzelte. Warum fühlte sich jeder immer angegriffen oder meinte in Abwehrstellung gehen zu müssen, wenn er preisgab bei der Kriminalpolizei zu sein?

»Nein, - keine Sorge. Es geht gar nicht darum, dass ich Sie kontrollieren oder maßregeln will. Es geht mir um eine Auskunft von Ihnen. Sie könnten mir echt helfen«.

Hastig zog die Frau noch ein paarmal an der Zigarette. Danach schmiss sie die Kippe auf den Boden und meinte, »Haste noch eine«?

Robert schaute hinunter auf den Boden, wo die letzten Reste des Tabaks qualmten.

»Ja, ist ja gut«, meinte die Frau, die obdachlos zu sein schien, und hob die Zigarette auf. Nachdem sie diese ausgedrückt und in den, neben der Bank stehenden Papierkorb geschmissen hatte, zückte Robert erneut die Schachtel.

»Was wollen Sie denn wissen Herr Kommissar«?
fragte die Frau nun, in einer künstlerisch anmutenden
Ausdrucksweise.

»Nicht so förmlich«, entgegnete Robert, »ich bin der
Robert«. Er wollte so die Distanz etwas verringern, in der
sie glaubte, sich zu befinden.

Die Gesichtszüge der Frau entspannten sich und sie
lockerte auch die Anspannung ihres Körpers.

Robert zeigte ein Bild des Toten und fragte:

»Kennen Sie diesen Mann«?

Ein kurzer Blick von ihr genügte und sie meinte:

»Das ist doch der Exhi«.

»Der bitte wer«? fragte Robert nach.

»Na, der Exhibitionist. Wir waren mal gemeinsam
unten am Bahndamm in Siegburg Deichhaus, dort an der
„Pleiser Hecke". Dort haben wir Schutz in einer
windstillen Ecke gesucht und er erzählte, er hätte
manchmal den Drang sich vor Frauen zu entblößen. Du
glaubst nicht, wie schnell ich aufgesprungen bin, meine
Taschen zusammengepackt habe und verschwunden bin.
Warum fragst Du nach dem? Hat er etwas angestellt«?

»Er ist tot«, meinte Robert, »hast Du eine Vermutung wer ihn getötet haben könnte«?

Die Frau schüttelte verneinend den Kopf.

»Nee, habe ich nicht, - aber ich weiß jetzt, dass ich wieder zum Bahndamm kann. Ist eine echt gemütliche Ecke dort, unter den Bäumen«. Sie stand auf, fasste ihr Fahrrad mit beiden Händen am Lenker und fragte:

»War's das«?

Robert nickte während er ebenfalls aufstand. Er holte die Zigarettenschachtel aus seiner Hosentasche und gab der Frau noch zwei Zigaretten für später mit. Dann ging die Frau, das Fahrrad schiebend, über den Marktplatz in Richtung Bahnhofstraße, vorbei an dem Gebäude, in dem früher die „KAUFHALLE" untergebracht war.

Als Robert wieder am Dienstwagen angekommen war überlegte er, wo er sonst noch nach Treffpunkten Obdachloser suchen könnte? Es fiel ihm ein, dass er sich mit einem Kollegen der Streifenpolizei kürzlich bei einem Bier in ihrer Stammgaststätte in Siegburg austauschte. Dieser erzählte ihm von einem Einsatz, den er an dem Tag hatte. Zwei Obdachlose prügelten sich in der Nähe des Autobahnzubringers um einen Schlafplatz. Es war am Ende der Siegburger Zuständigkeit. Einhundert Meter weiter und es seien die Troisdorfer Kollegen zuständig gewesen. Robert steuerte seinen Wagen über die Kaiserstraße und die Luisenstraße in Richtung Troisdorf. Ihm fiel ein, dass er vor kurzem von einer Rangelei unter den Nichtsesshaften in der Nähe der ICE-Trasse, die die B56 kreuzt, gehört hatte. Er fuhr bis kurz vor die Auffahrt zur B56 dann links in die Moltkestraße weiter bis kurz vor den Bahndamm. Hier stieg er aus und ging den Bahndamm zu Fuß entlang.

»Das ist mir doch zu blöd, - ich laufe hier rum, wie ein kleiner Junge, der seinen verlorenen Ball sucht«, dachte Robert nach etwa zwanzig Minuten des Suchens nach Leuten, von denen er noch nicht einmal wusste, ob es sie gab und wie viele es waren. Er ging zurück zum Auto.

»Jetzt erst einmal zur nächsten Frittenbude«, flüsterte er sich selber halblaut zu, als er wieder im Auto saß. Gerne würde er jetzt nach Siegburg-Kaldauen fahren, um seine Lieblingscurrywurst bei Fritten Paul an der Hauptstraße zu essen. Dort gab es nämlich auch sein geliebtes Warsteiner Pils. Robert geriet ins Schwärmen und der Gedanke an die selbstgemachte Currysauce von Paul, ließ ihm das Wasser im Munde zusammenlaufen. Doch jetzt nach Kaldauen zu fahren, während die Ermittlungen in der Mordsache liefen, wäre Thekla sicher nicht recht. Er erinnerte sich daran, dass er auf der Hinfahrt auf der Luisenstraße in der Nähe der dortigen

Tankstelle, einen Imbiss gesehen hatte. Grinsend setzte er den Dienstwagen in Bewegung.

*

Thekla hatte ihren Twingo auf der Siegburger Wilhelmstraße, kurz hinter der Einmündung der Alleestraße abgestellt. Der Wagen stand zwar nun auf einem Parkplatz, der sich parallel neben der Straße befand und mit Schildern „Nur für Lehrkräfte" ausgeschildert war, aber schließlich befand sie sich sozusagen in dienstlichen Ermittlungen.

»In so einem Fall darf auch ich hier stehen«, dachte sie.

Sie verließ den Wagen und ging durch den nahegelegenen Haupteingang des Gymnasiums. Sie durchquerte eine große Halle, die den Schülern bei Regenwetter sicherlich auch als Aufenthaltshalle dienen würde. Von hier aus ging es über eine große Treppe ins Obergeschoß zum Eingang der Aula. Im Erdgeschoß waren Verzweigungen in weitere Gebäudeteile der Unterrichtseinheiten, aber auch ein abgetrennter Gang der zur Verwaltung der Schule führte. Thekla klopfte an der Türe des Sekretariats und trat ein.

»Guten Morgen«, begrüßte sie die beiden, hinter einem Tresen sitzenden Frauen, »mein Name ist Thekla Sommer von der Siegburger Kriminalpolizei«.

Sie suchte in der Jackentasche nach ihrem Dienstausweis und zeigte ihn vor.

»Kann ich bitte mit dem Schulleiter sprechen«? fragte sie.

Die ältere der beiden Frauen stand auf und kam lächelnd zu Thekla an den Tresen.

»Tut mir leid«, meinte sie, »aber die Rektorin ist heute beim Stadtrat bei einer Besprechung. Worum geht es denn? Vielleicht können wir Ihnen helfen«.

Thekla wiegte ihren Kopf einige Male hin und her, bevor sie sagte: »Das weiß ich nicht so recht. Schauen Sie, ich bin hier wegen einer Anzeige, die von dieser Schule vor einigen Tagen gestellt wurde. Es geht um die Anzeige eines Vorfalls wegen Erregung öffentlichen Ärgernisses«.

Die Schulsekretärin nickte heftig und meinte ziemlich aufgeregt: »Die Anzeige habe ich im Auftrag der Rektorin gestellt. Hier unweit des Gymnasiums wurden drei unserer Schülerinnen von einem Exhibitionisten bedrängt.

Sie waren nach Schulschluss auf dem Weg nach Hause, als sich ihnen ein Mann, völlig nackt präsentierte. Er hatte ihnen sein erigiertes Teil gezeigt und dabei sehr gierig auf die Kinder geschaut«.

»Konnten die Kinder eine Beschreibung des Mannes abgeben«? wollte Thekla wissen.

»Stellen Sie sich einmal vor, wie hysterisch die Mädchen davongelaufen waren«, meinte die Sekretärin völlig außer sich, - »sie waren so schockiert und teils auch wie in Todesangst, da kann man von den Mädchen nicht erwarten, dass sie eine Personenbeschreibung abgeben können. Nur, dass er einen Trenchcoat trug, den er weit öffnete, um sich zu zeigen, Igitt, abscheulich!« Die Sekretärin schüttelte sich vor Ekel.

»Sagen Sie mal, warum ist eine Anzeige von Ihnen gestellt worden? Normalerweise wird in so einem Fall, eine Anzeige von den Opfern gestellt«? fragte Thekla.

»Das war nach Absprache mit dem Lehrerkollegium geschehen. Hier war man der einstimmigen Meinung, dass wir die Schüler zu dem Zeitpunkt von den Eltern in unsere Obhutnahme bekamen. Uns oblag somit der Schutz der Kinder für ihre geistige und körperliche Gesundheit, die Priorität hat. - Stellen Sie sich nur einmal vor, was das mit der Psyche der Kinder macht«.

Thekla verstand den Entschluss der Schulleitung, hier eine Anzeige gegen Unbekannt zu formulieren. Sie fragte: »Wer sind denn die Eltern der Mädchen«? Uns liegt lediglich eine weitere Anzeige in diesem Fall von den Eltern eines weiteren betroffenen Kindes vor. Können Sie mir die Namen und Anschrift aller betroffenen Mädchen nennen? - Sie sagten, es seien drei Mädchen gewesen«.

Die Sekretärin holte ein dickes Buch hervor, in dem alle Namen und Adressen der Schülerinnen und Schüler verzeichnet waren, die in diesem Schuljahr auf dem Gymnasium lernten. Nachdem sie es aufgeschlagen hatte und nach den Namen suchte, merkte man ihr an, dass sie etwas überlegte. Nach kurzem Zögern klappte sie das Buch wieder zu.

»Wir unterliegen doch hier dem Datenschutz«, sagte sie pflichtbewusst«.

Thekla holte abermals ihren Dienstausweis hervor und hielt diesen dicht vor das Gesicht der Sekretärin. »Ich bin von der Kriminalpolizei«, sagte sie energisch« und wir haben hier den Mord an einem Menschen aufzuklären. Ihrer Beschreibung nach könnte es sich um den Mann handeln, den Sie eben hier als den Exhibitionisten beschrieben haben. In diesem Fall tritt der Datenschutz in den Hintergrund. Also, darf ich jetzt bitte die Namen haben. Ansonsten behindern oder verzögern Sie die

Ermittlungen der Polizei. Das dies unangenehme Folgen für Sie haben könnte, können Sie sich denken«? Thekla trat in diesem Moment etwas forscher auf, als es normalerweise der Fall war. Sie war es leid, dass sich einige Menschen in manchen Situationen frömmer als der Papst darstellten und in Wirklichkeit auch mal flunkerten, wenn es um das eigene Wohlbefinden oder Weiterkommen ging.

Die Sekretärin schrieb, ohne ein weiteres Wort zu sagen, den Namen der Mädchen und die jeweilige Wohnadresse auf. Sie sagte lediglich beim Überreichen des Zettels:

»Zwei der drei Mädchen sind Zwillinge. Deshalb stehen hier nur zwei Adressen«.

Thekla schaute zunächst auf den Zettel und dann zu den beiden Sekretärinnen.

»Vielen Dank für Ihre freundliche Unterstützung und die Auskunft«, meinte sie, drehte sich um und verließ das Sekretariat.

*

Zunächst fuhr Thekla zu Familie Biber in die Barbarossastraße, die von der Luisenstraße am

Kreisverkehr in der Nähe der JVA abging. Nach mehrmaligem Klingeln öffnete Nele Biber, eins von den drei betroffenen Mädchen des Vorfalls, um den es hier ging.

»Guten Morgen«, begrüßte Thekla die Schülerin, »mein Name ist Thekla Sommer, sind Deine Eltern zu Hause«?

»Mama«, rief das Mädchen hinter sich in die Diele der Wohnung, jedoch ohne die einen Spalt geöffnete Haustüre, freizugeben »hier ist jemand für Dich«.

Eine Tür, wahrscheinlich zur Küche hin, öffnete sich und eine Frau etwa in Theklas Alter, kam zur Haustüre. Es schien an diesem Tag, Rouladen zu Mittag, zu geben. Der unverwechselbare Duft, der frisch gebratenen Köstlichkeit, drang in Theklas Nase.

»Ja bitte?«, fragte Frau Biber, die Türe immer noch nicht weit geöffnet und stellte sich neben ihre Tochter.

»Guten Morgen, Thekla Sommer von der Kriminalpolizei hier in Siegburg«, Thekla zeigte ihr den Dienstausweis in Augenhöhe, »Sind Sie Frau Biber«?

»Ja, Katrin Biber, worum geht es«? Nun öffnete Frau Biber die Türe ganz und gab den Blick in die Diele frei.

»Es geht um den Vorfall mit Ihrer Tochter, den Sie vor einigen Tagen zur Anzeige gebracht haben. Ich hätte da noch ein paar Fragen«.

Nele Biber drehte sich um und lief durch die Diele, vorbei an der Küchentüre, links um die Ecke und knallte die Türe zu ihrem Kinderzimmer zu.

Katrin Biber schaute ihrer Tochter hinterher und zuckte zusammen beim Knall der Kinderzimmertüre.

»Der Vorfall hat bei ihr einen psychischen Ausnahmezustand hinterlassen. Bereits gestern war ich mit ihr bei einer psychologischen Beratungsstelle, wo man mir geraten hatte, mit ihr eine Traumatherapie zu beginnen«.

Thekla nickte teilnahmsvoll. »Ja, so etwas kann sicherlich bei Mädchen dieses Alters etwas Belastendes auslösen. Frau Biber, - warum ich hier bin, - wie ich gesehen habe, ist die Anzeige von Ihnen alleine unterschrieben worden und von Ihrem Mann nicht. Wollte er das nicht«?

»Oh nein«, Katrin Biber winkte mit der rechten Hand durch die Luft, »mein Mann weiß noch gar nichts davon. Er befindet sich seit zehn Tagen auf Geschäftsreise in den

USA. Wir erwarten ihn übermorgen zurück. Ist es denn wichtig, dass auch er die Anzeige unterschreibt?«

Thekla schaltete bemerkenswert schnell. Sie erkannte sofort, dass der Vater dieses Kindes nicht als Mörder von Max Soltau in Frage kam. Deswegen schummelte sie etwas, als sie sagte:

»Nein, das ist durchaus ausreichend, dass Sie allein unterschrieben haben. Ich wollte mich auch nur erkundigen, ob Nele noch eine genauere Beschreibung zu dem Mann machen könnte. Ich wusste nicht, dass der Vorfall ihre Tochter psychisch so arg belastet und denke, die Befragung hätte jetzt keinen Zweck und würde nur tiefere Wunden aufreißen. Vielen Dank für Ihre Zeit, ich denke, ich gehe jetzt besser wieder«.

Ohne auch nur einen Schritt durch die geöffnete Haustüre gemacht zu haben, reichte Thekla Frau Biber die Hand, verabschiedete sich und drehte sich um.

»Hoffentlich kriegen Sie das Schwein bald, damit dieser Unhold nicht auch noch weiteren hilflosen Kinderseelen so etwas antut«, meinte Frau Biber und schloss die Tür.

Nach einigen Metern auf dem Weg zu ihrem Twingo, klingelte Theklas Handy und sie sah, dass Lisa anrief.

»Bist Du im Kreishaus weitergekommen«? fragte
Thekla.

»Nein leider nicht. Der Sachbearbeiter konnte keine
Beschreibung abgeben, außer auf die Kleidung, die die
beiden Männer trugen. Ich wollte nachfragen, wie es bei
Dir aussieht? Kann ich Dir irgendwie helfen? Ich bin jetzt
wieder im Präsidium«.

Thekla überlegte. Sie wollte jetzt in die Straße „auf der
Zange", eine Straße, die sich in der Nähe der
S-Bahngleise auf der Hohenzollernstraße befand.
Eigentlich könnte Lisa bei der Befragung der Eltern von
den Zwillingen dabei sein.

»Ich bin gerade auf dem Weg zu Familie Bauerfeind«,
meinte Thekla«, - das sind die Eltern der Zwillinge, die
möglicherweise auch von unserem Toten belästigt
wurden. Bleib im Präsidium oder besser, komm auf die
Straße vor das Präsidium. Ich komme Dich dort abholen,
dann kannst Du zu der Befragung mitkommen«.

»Okay, so machen wir es«, gab Lisa zur Antwort und
beendete das Gespräch.

Thekla nahm am Kreisverkehr der Luisenstraße, anstatt
der zweiten Ausfahrt in Richtung Innenstadt, bereits die
erste Ausfahrt in Richtung Troisdorf. Sie war in Gedanken

bei den Mädchen, denen sich mutmaßlich Herr Soltau auch gezeigt hatte. Nach etwa zweihundert Metern merkte sie, dass sie in die verkehrte Richtung fuhr und dachte, um den fließenden Verkehr nicht zu behindern, an der nahen Tankstelle zu drehen. Sie hatte bereits den Blinker nach rechts betätigt, als sie Robert an der Frittenbude stehen sah. Kopfschüttelnd hielt sie den Wagen an, stieg aus und ging schweigend von hinten auf Robert zu. Dieser schien sich eine Portion Currywurst mit Fritten sowie eine Flasche Reissdorf Kölsch geschmeckt haben zu lassen. Jedenfalls standen die Reste der Mahlzeit auf dem kleinen runden Tisch vor der Imbissbude. Robert war so in ein Gespräch mit der jungen Aushilfe des Imbisses vertieft, dass er nicht bemerkte, dass Thekla auf einmal hinter ihm stand.

»Na, - wieder am flirten«? fragte Thekla lächelnd.

Erschrocken drehte Robert sich um und stammelte etwas von Befragungen hinsichtlich der hiesigen Obdachlosen.

»Komm«, meinte Thekla, »bezahl und dann fährst Du hinter mir her.»Wir fahren am Präsidium vorbei, holen Lisa ab und fahren dann gemeinsam zu einer weiteren Befragung. Du kannst den Dienstwagen am Präsidium stehen lassen«.

*

Auf der Fahrt zur Zieladresse fragte Lisa von der Rückbank des Twingos aus:

»Wieso hat denn die Nele so heftig reagiert? Ich dachte, Mädchen in diesem Alter tuen immer so cool, als wären sie so sehr aufgeklärt und wüssten schon alles über das andere Geschlecht«.

Robert, der vorne neben Thekla auf dem Beifahrersitz saß, drehte sich zu Lisa um.

»Was würdest Du denken, wenn Dir jemand in aller Öffentlichkeit auf einmal sein erigiertes Ding zeigen würde?« fragte er.

Lisa schmunzelte und sagte, »dem Kerl würde ich mit einem gekonnten Tritt in seine Eier die körperlichen Schmerzen zufügen, die er anderen psychisch zufügt«.

»Siehst Du«, gab Robert zurück, »wie sollen sich denn Kinder zur Wehr setzen? Bei solchen Mädchen setzt doch erst einmal Panik ein, bei einem für sie so furchterregenden Anblick! Auch wenn sie im Schulunterricht aufgeklärt wurden, - ein so unvermitteltes Ereignis kann extreme psychische Schäden hervorrufen«.

Natürlich war Lisa dies real bewusst und sie bereute es bereits, eben eine so lapidare Frage gestellt zu haben.

Thekla hielt vor einem zweistöckigen Haus, wahrscheinlich aus den sechziger Jahren, an. »Wir sind da«, meinte sie. Als alle ausgestiegen waren und vor der Haustüre standen, sahen sie auf der doppelten Klingel, dass wohl in der oberen Etage andere Leute wohnten als unten. Oben stand „Familie Bauerfeind" während unten „Alfons Bauerfeind" zu lesen war.

Robert entschied, »Alfons klingt zu alt für Zwillinge in dem Alter. Wir klingeln oben«, und drückte bereits den oberen Klingelknopf. Nach einer Weile summte der Türöffner. Die drei Kripobeamten gingen in den Flur in Richtung der alten und massiven Holztreppe, die nach oben führte. Bereits am Fuße der Treppe angekommen, kam ihnen bereits bis zur Hälfte der Treppe eines der Zwillingsmädchen entgegen.

»Hallo«, meinte Thekla freundlich, bei der Begrüßung eines der Mädchen, die so etwas schockierendes erlebt hatten, »sind Deine Eltern da«?

Das Mädchen rannte wieder die Treppe nach oben. Wahrscheinlich hatte sie jemand anderen erwartet. Vielleicht eine Freundin oder sonstige Verwandte.

»Mama«, hörte man das Mädchen rufen, »da sind drei
Fremde im Flur«. Nur kurze Zeit später erschien Frau
Bauerfeind und fragte nach, wer die drei Fremden seien.

Thekla, aber auch Robert und Lisa hielten ihren
Dienstausweis hoch. »Kripo Siegburg, - wir hätten da
noch ein paar Fragen an Sie, wegen des Vorfalls Ihrer
Töchter mit dem Exhibitionisten. Ist Ihr Mann auch da«?
fragte sie.

Frau Bauerfeind schien sehr erschrocken. Sie schaute
auf den Boden und nickte. Dann meinte sie lese und
bedrückt, »Kommen Sie hoch, mein Mann sitzt im
Wohnzimmer, er hat sich heute Morgen krankschreiben
lassen«.

Alle betraten das Wohnzimmer und sahen Herrn
Bauerfeind auf dem Sofa sitzen, vor sich drei leere
Bierflaschen auf dem Tisch.

»Wir kennen uns doch«, meinte Lisa. »Sie sind doch
der Vorarbeiter von der Baustelle am Siegdamm. Sie
hatten doch die Holzbretter und Pfosten auf Ihrem
Pritschenwagen transportiert«.

Herr Bauerfeind nickte mit gesenktem Blick. Dann
gestand er leise: »Beim Transportieren der Holzpfosten

habe ich dieses Schwein gesehen, wie er unter die Brücke ging. Ich erinnerte mich daran, dass meine Kinder erzählten, er sei nur mit einem Trenchcoat bekleidet gewesen. Ich hielt an, bin ihm mit einem der Holzpfosten unter die Brücke gefolgt, - und habe zugeschlagen«.

Die drei Kripokollegen sahen sich an. So ein schnelles Geständnis hatten sie auch noch nicht erlebt.

Thekla ließ sich von Robert die Handschellen geben, die er am hinteren Teil seines Gürtels befestigt, immer mit sich trug. Sie ging zwei Schritte auf den immer noch auf dem Sofa sitzenden reumütigen Vater der Zwillinge zu.

»Herr Bauerfeind«, sagte sie mit festem Ton, »ich nehme Sie fest unter dem Verdacht der Tötung an Herrn Max Soltau«.

Als er mit Thekla, Lisa und Robert das Wohnzimmer verließ, drehte er sich noch einmal zu seiner Frau um, die ihm verständnisvoll zunickte. Sie hatte vom ersten Tag an Bescheid gewusst. Er hatte ihr gestanden, ihre Kinder gerächt zu haben.

*

Am gleichen Abend, nachdem sie das Essen, was sie beim Chinesen am Stallberg geholt hatten, verspeist hatten, setzte sich Thekla auf die gemütliche Couch.

Robert dimmte das Licht, als er mit einer Flasche Wein und zwei Gläsern folgte. Als er die Gläser halb voll eingeschenkt hatte, nahm er Theklas Hand und fragte, »Kannst Du Dich noch an den Zettel erinnern, den ich Dir vor einigen Tagen in der „Pizzeria Tuscolo" gegeben hatte«?

Thekla nickte und musste schlucken, als sie an die herrlich liebevoll geschriebenen Zeilen dachte.

Er kniete sich vor Thekla auf den Boden, schaute sie weiter an und meinte, »Ich wollte Dich bereits an dem Abend fragen«, er griff mit der rechten Hand hinter sich und holte aus der Gesäßtasche ein kleines Schächtelchen hervor, öffnete es und zeigte es seiner Liebsten. Dann fragte er:

»Willst Du meine Frau werden«?

Thekla stockte der Atem. Sie schluckte und atmete tief durch. Dann nahm sie sein Gesicht in ihre beiden Hände, beugte sich zu ihm hinab und hauchte:

»Ja ich will!«,

bevor sie ihn zärtlich küsste.

*

Am nächsten Morgen kamen David und Jana noch vor
dem Frühstück bei den Beiden vorbei. Sie hatten für Josi
ein neues Katzenfutter mitgebracht, wollten aber
eigentlich fragen, ob die Beiden mit ihnen zusammen zu
Opa Peter und Oma Franziska fahren würden. Davids
Vespa war defekt und sie wollten nicht mit Bus und Bahn
die weite Strecke nach Bornheim fahren.

Als Thekla verschmitzt aber glücklich von dem Antrag
des Vorabends erzählte, drehte Jana ihr Gesicht zu David
und meinte lächelnd:

»Siehst Du, - die Karten lügen nicht«!

*

ENDE

Bisher erschienen in dieser Reihe:

Mord in Siegburg

Der **erste** Fall der Kommissarin Thekla Sommer

Mord in Bornheim

Der **zweite** Fall der Kommissarin Thekla Sommer

Mord in Rheinbach

Der **dritte** Fall der Kommissarin Thekla Somme

Mord in Sankt Augustin

Der **vierte** Fall der Kommissarin Thekla Sommer

Mord im Bonner "Regierungsviertel"

Der **fünfte** Fall der Kommissarin Thekla Sommer

Mord in Siegburg-Zentrum

Der **sechste** Fall der Kommissarin Thekla Sommer

Mord in Wesseling

Der **siebte** Fall der Kommissarin Thekla Sommer

Mord in Hennef

Der **achte** Fall der Kommissarin Thekla Sommer

Mord in Eitorf

Der **neunte** Fall der Kommissarin Thekla Sommer

Mord im Siebengebirge

Der **zehnte** Fall der Kommissarin Thekla Sommer

Morde mit "VX" (Trilogie)

> Teil 1/3 Troisdorf < , > Teil 2/3 Remagen < , > Teil 3/3 Heisterbach <

Der **elfte** Fall der Kommissarin Thekla Sommer

Mord in Niederkassel

Der **zwölfte** Fall der Kommissarin Thekla Sommer

Mord in Harmonie   -Ein Eitorf Krimi-

Der **13te** Fall der Kommissarin Thekla Sommer

Mord in Siegburg-Stallberg

Der **14te** Fall der Kommissarin Thekla Sommer

Mord in Bornheim-Walberberg

Der **15te** Fall der Kommissarin Thekla Sommer

Mord am Siegburger Michaelsberg

Der **16te** Fall der Kommissarin Thekla Sommer

Patrizia M. - vermisst am Flugplatz Hangelar

Der **17te** Fall der Kommissarin Thekla Sommer

Siegburger Unterwelt

Der **18te** Fall der Kommissarin Thekla Sommer

Über den Autor:

Geboren 1958, in der Zeit des Wirtschaftswunders, verbrachte er seine Kindheit, mit zwei Schwestern und zwei Halbbrüdern, in Siegburg und dem ländlichen Windeck. Geprägt von dem idyllischen Umfeld, fühlte er sich in der Stadt nie so recht wohl und er suchte sein soziales Umfeld meist in ländlichen Regionen, wie Rheinbach, Meckenheim, Bornheim oder Herchen/Sieg.

Seit einiger Zeit entspringen Krimis (aus dem Rhein-Sieg-Kreis und dem Rheinland) seinen Gedanken und dem Werk seiner Phantasie. Hier legt er aber besonderen Wert auf umfangreiche, historische Recherche hinsichtlich der Schauplätze seiner Handlungen.

SIEGFRIED LELKE

TRÄNEN HABEN
KEINE NATIONALITÄT

DAS UNGEHEURE LEIDEN.
DIE HÖLLE AUF ERDEN.

DEUTSCHE IN WESTPOLNISCHEN LAGERN 1945-1949

Bibliografische Information der Deutschen Nationalbibliothek:
Die Deutsche Nationalbibliothek verzeichnet diese Publikation in der
Deutschen Nationalbibliografie; detaillierte bibliografische Daten sind
im Internet über
< http://dnb.d-nb.de > abrufbar.

© 2007 Siegfried Lelke
Satz, Umschlagdesign, Herstellung und Verlag:
Books on Demand GmbH, Norderstedt
ISBN: 978-3-8334-8082-9